# Gefunden in den Bergen

## Die Jungs aus den Bergen von Montana
Buch 4

Olivia T. Turner

*Übersetzt von*
Stephan Waba

Melde dich für den Olivia-T.-Turner-Newsletter an und erhalte ein kostenloses Buch!

www.oliviatturner.com/deutsch.html

*Für Steven,*
*Zusammen waren wir unglaublich.*
*Aber unglaublich hat dir nicht gereicht.*
*Nun bist du ganz allein und alle hassen dich.*
*Und ich habe gewonnen.*

# Kapitel Eins

*Megan*

„Sehen die beiden nicht wunderschön aus?", fragt Richard, als wir meiner jüngsten Schwester dabei zusehen, wie sie zum ersten Mal als Ehefrau mit ihrem Mann tanzt. Ashley war im Urlaub in Greene Mountain und ist mit viel mehr als einem billigen Kühlschrankmagneten und einem Flaschenöffner mit Bergmotiv zurückgekehrt. Sie ist mit einem umwerfenden Mann aus den Bergen namens Dylan zurückgekommen.

„Ja", sage ich mit einem glücklichen Lächeln. „Ich habe Ashley noch nie so glücklich gesehen."

Ihr Lieblingssong *Wouldn't It Be Nice* von den Beach Boys ertönt, während sie tanzen und die Blicke aller Frauen auf Dylans schwingende Hüften gerichtet sind.

„Vielleicht versteckt sich ja auch für dich ein heißer Mann in diesen Bergen", flüstert Richard grinsend.

Ich lache leise und nehme einen großen Schluck Wein.

Ich habe das Gefühl, dass mir die Brust schwer wird, als ich mich im Raum umsehe und all die glücklichen Paare betrachte.

Ich bin sechsundzwanzig und mein Leben läuft leider alles andere als nach Plan. Ich wohne immer noch bei meinen Eltern in New Jersey, weil die Immobilienpreise unverschämt hoch sind und ich länger brauche, als ich erwartet habe, um eine Anzahlung anzusparen. So wie es aussieht, kann ich mir im Jahr 2098 eine armselige kleine Einzimmerwohnung leisten.

Ich bin Immobilienmaklerin, also sollte ich von diesen Wahnsinnspreisen eigentlich profitieren, aber ich habe seit zwei Jahren kein Haus mehr verkauft. Ich hatte das Glück, gleich bei meiner allerersten Hausbesichtigung mit meinem allerersten Kunden ein Haus zu verkaufen. Ich war überzeugt, dass das ein gutes Omen für die Zukunft gewesen wäre. Dass ich es zu etwas bringen würde.

Nö. Fehlanzeige.

Dort, wo ich lebe und arbeite, gibt es mehr Immobilienmakler als Häuser auf dem Markt. Der Wettbewerb ist brutal.

Die meisten Tage sitze ich im Büro neben einem Telefon, das nie läutet, und schaue mir online Häuser an, die ich mir nie leisten kann. Ich sollte mich wahrscheinlich beruflich verändern. Vermutlich sollte ich eine ganze Menge ändern.

„Ohhhhh", riefen alle aus, als Dylan Ashley herumwirbelt und sie dann nach hinten beugt. Er neigt sich mit purer Liebe in seinen dunkelbraunen Augen nach unten und drückt meiner Schwester einen Kuss auf die Lippen, als der Song zu Ende ist.

Mir tut das Herz weh, während ich die beiden beobachte. So eine Liebe wünsche ich mir auch. Ich möchte auch, dass mich ein Mann so anschaut, wie Dylan meine Schwester anblickt.

Mir treten die Tränen in die Augen, als die Menge klatscht und jubelt.

Und wenn es sich so anhört, als würde meine Karriere schlecht laufen, dann ist das noch gar nichts im Vergleich zu meinem Liebesleben. Das ist nämlich einfach nur grauenvoll. Ein misslungenes Tinderdate nach dem anderen.

Mein letztes Date war mit einem schmierigen Kerl, der so sehr nach Knoblauch gestunken hat, dass man meinen könnte, er hätte versucht, Vampire abzuwehren. Nachdem er sich aus dem Staub gemacht und mir die Rechnung hinterlassen hatte, war ich so genervt, dass ich auf dem Heimweg aus Frust mein Handy in einen Brunnen geworfen habe. Als ich dann festgestellt habe, dass ich mir kein neues leisten kann, bin ich geradewegs in den Brunnen gewatet, um es mir wieder zu holen, während ein paar Leute dabei zugesehen und das Ganze gefilmt haben.

Ich hatte Angst, dass sich das Video verbreiten würde, also habe ich es auf YouTube gesucht. Nach etwa einer Stunde Suche habe ich es schließlich entdeckt. Die Überschrift hat gelautet: *Armselige Irre wirft ihr Handy in den Brunnen und fischt es dann wieder raus.* Siebzehn Aufrufe. Selbst meine Aussetzer sind nicht interessant genug, damit die Leute sie zur Kenntnis nehmen.

Aber an diesem Tag geht es nicht um mich. Es ist die Hochzeit meiner Schwester und ich habe nicht vor, daraus eine Selbstmitleidsorgie zu machen. Wir befinden uns in den wunderschönen Bergen von Montana, ich bin von Familie und Freunden umgeben, wir haben diese atemberaubende Lodge ganz für uns allein und meine wundervolle Schwester heiratet den Mann ihrer Träume. Ich könnte nicht glücklicher sein. Na ja, eigentlich schon, aber es ist wohl klar, worauf ich hinauswill.

Ich setze mein strahlendstes Lächeln auf, packe Richard mit der einen und meine Tante mit der anderen Hand und ziehe sie beide auf die Tanzfläche, während der DJ *Red, Red, Wine* auflegt.

Die Gäste strömen um uns herum und tanzen und singen zusammen mit dem Brautpaar. Da tanzt Ashley herüber.

„Ohne dich hätte ich Dylan nie kennengelernt", flüstert sie mir ins Ohr. Ich habe sie überredet, in den Ferien hierher zu kommen, als sie sich schlecht gefühlt hat. „Danke, dass du den weiten Weg auf dich genommen hast und meine Trauzeugin bist. Du bist immer meine beste Schwester gewesen. Ich liebe dich."

Mir wird ganz flau im Magen, als sie mich umarmt. Keine negativen Gedanken mehr. Nur gute Laune für die verbleibende Nacht und für die nächsten vier Tage, die ich hier bin.

„Ich liebe dich auch, Schwesterherz", antworte ich, während ich ihre Umarmung erwidere. „Und jetzt lass uns abrocken!"

Sie lacht, als wir anfangen zu tanzen, so wie wir das als Teenager in unseren Zimmern immer gemacht haben.

Es ist eine Wahnsinnsparty. Das Abendessen vergeht wie im Flug und meine Rede kommt erstaunlich gut an.

Der Bruder des Bräutigams, Owen, besitzt diese tolle Lodge und war so nett, uns alle fünf Tage lang kostenlos zu beherbergen. Wir haben das Haus ganz für uns allein, was bedeutet, dass niemand fährt, die Getränke in Strömen fließen und alle eine Menge Spaß haben.

Ich tanze gerade mit Richard, Justin und ein paar

anderen Freunden der Familie, als *No Diggity* gespielt wird.

„Oh Scheiße!", schreie ich, als mein Lieblingsbeat aus den Lautsprechern dröhnt. Adrenalin schießt durch mich hindurch. Ich liebe diesen Song einfach!

Ich fange an, meine ganz eigene Nummer abzuziehen, rappe und tanze in der Mitte der Tanzfläche. Meine Freunde und meine Familie umringen mich, tanzen und feuern mich an.

Ich fühle mich schwerelos und frei, als ich alle Hemmungen verliere und alles rauslasse. Ich bin eine Königin. Eine Rapgöttin. Ich rappe und tanze, während die Halle tobt.

Ich bin völlig in Fahrt, bis ich ihn erblicke ...

Mein Körper bleibt einfach stehen. Er hört auf, sich zu bewegen, er hört auf zu rappen, er hört mit allem auf.

Ich stehe einfach nur da und staune, während sich die Menge um mich herumbewegt, ohne zu bemerken, dass sich zwischen mir und diesem großartigen Mann gerade etwas Entscheidendes ereignet.

Er steht an der Tür und mustert mich.

*Diese Augen ...*

Sind fesselnd. Geradezu hypnotisierend. Sie verändern alles.

Die Zeit steht still. Ich höre nicht einmal die dröhnende Musik. Meine Gedanken sind auf ihn und nur auf ihn ausgerichtet.

Es ist, als wären wir die einzigen beiden Leute im Raum. Die einzigen beiden Leute auf dem Planeten.

Er ist der verführerischste, attraktivste Mann, den ich je gesehen habe.

Und er hört einfach nicht auf, mich zu beäugen.

Er ist kein Hochzeitsgast, sonst wäre er mir schon

früher aufgefallen. Und ich weiß, dass er nicht aus New Jersey kommt, wie meine Familie und meine Freunde. Dieser Typ ist ein echter Mann aus den Bergen.

Er ist riesig, hat breite Schultern und muskulöse Arme, die mit Tattoos übersät sind. Ist er vielleicht so eine Art Park Ranger?

Ich betrachte ihn in seiner dunkelgrünen Hose und seinem hellbeigen Hemd, das sich eng über seine mächtige Brust spannt. Die kurzen Ärmel formen seinen Bizeps auf eine Weise, die mein Herz wahnsinnig schnell schlagen lässt. Dieser Kerl ist kein bekloppter Pfadfinder. Mit diesen heißen Muskeln, den attraktiven Tattoos und dem tiefen, sinnlichen Blick in seinen Augen bin ich mir sicher, dass er der schärfste Park Ranger auf der ganzen Welt ist. Vielleicht sogar der schärfste Typ, den es je gegeben hat.

Ich schlucke schwer, als ich meinen Blick wieder auf sein Gesicht richte. Justin ist ein bisschen betrunken und tanzt ausgelassen neben mir. Er rempelt mich an, aber ich wende meinen Blick nicht von dem großgewachsenen, dunklen Fremden ab.

Das lange braune Haar und der dichte braune Bart sehen so weich aus. Am liebsten würde ich meine Hände in seinem Haar vergraben. Ich will diesen reizvollen Bart zwischen meinen Beinen spüren, wie er die Innenseiten meiner Oberschenkel kitzelt. Ich will ihn. Ich *brauche* ihn.

Mein Körper kribbelt, als sich unsere Blicke wieder treffen. Mein ganzer Körper summt und vibriert, als hätte er die Kontrolle über ihn übernommen. Als ob ich jetzt ihm gehören würde. Als ob er mit mir machen könnte, was er möchte. Er braucht nur ein Wort zu sagen und mein Körper wird darauf hören.

„Zeit für den Blumenstrauß!", ruft Ashley, als sie mich am Arm packt.

„Was? Nein!“ Ich schnappe nach Luft, als sie mich an den Rand der Tanzfläche zerrt. Die Bar versperrt mir die Sicht auf ihn und ich schreie vor Verzweiflung fast auf.

„Alle weiblichen Singles bitte auf die Tanzfläche“, verkündet der DJ ins Mikrofon.

Wir sind nur wenige, etwa zehn, und sie hängen sich alle ineinander ein.

*Nein …*

Ashleys Freundin aus der High School hält meinen linken Arm fest und eine von Dylans Cousinen meinen anderen Arm. Ich sitze in der Falle.

Angst steigt in meiner Brust auf, als ich versuche, noch einen Blick auf ihn zu erhaschen, aber das gelingt nicht.

„Wer wird wohl die Nächste sein, die vor den Traualtar tritt?“, fragt der DJ, während Ashley herumtanzt und den Brautstrauß über ihrem Kopf kreisen lässt.

Alle schauen zu. Meine Schwester ist gerade dabei, den Brautstrauß zu werfen und ich bin die Trauzeugin. Da kann ich nicht einfach losrennen und irgendeinen Fremden anbaggern, egal wie sehr ich das auch möchte.

Ich habe ein Auge auf meine Schwester und eines auf die Suche nach dem heißen Park Ranger, während der DJ uns dazu auffordert, uns startklar zu machen.

„Drei, zwei …“

*Wo ist er bloß?*

„Eins!“

Meine Augen suchen verzweifelt den Raum ab, als mich der Blumenstrauß meiner Schwester an der Brust trifft. Instinktiv schlinge ich meine Arme um ihn und schaue überrascht auf, als der ganze Raum jubelt.

Alle strahlen mich an, während sie klatschen und jubeln.

Meine Wangen laufen rot an, als meine Schwester mit einem breiten Lächeln auf dem Gesicht herüberhüpft.

„Sieht so aus, als wärst du die Nächste.“

Ich schlucke schwer, als ich auf die Blumen hinunterschaue.

Das würde mir gar nicht so viel ausmachen.

Wenn ich mich bloß in die Arme dieses umwerfenden Mannes aus den Bergen sinken lassen könnte.

# Kapitel Zwei

*Megan*

„D*as* ist mein Pferd?", frage ich mit einem Schlucken, als ich das riesige braune, drahtige Wesen betrachte. Sein Kopf ist hoch erhoben und es sieht sich mit großen, feurigen Augen um, als ob es noch unsicherer wäre als ich.

„Oh, du wirst Thunderbolt lieben", meint Carrie, die Mitbesitzerin der Greene Mountain Pferdeställe. Sie öffnet das Tor zur Koppel und versucht, ihn zu holen, aber das Pferd springt in einem vollen Sprint davon. Mit einem angespannten Lachen dreht sie sich um.

„Vielleicht warte ich einfach auf den Bus", antworte ich, während mein Magen einen seltsamen Salto vollführt. „Er sieht nicht gerade besonders angetan aus."

„Thunderbolt *liebt* Menschen", behauptet sie, während sie versucht, ihm hinterherzulaufen.

Er sieht jedoch gar nicht so aus, als würde er Menschen

lieben. Er macht den Eindruck, als würde er sich wünschen, wir würden alle aussterben.

Ich habe letzte Nacht zu lange gefeiert und bin mit einem schlimmen Kater aufgewacht. Da ich den ganzen Tag ausgelaugt und mit einer gewissen Restübelkeit im Bett verbracht habe, bin ich als Letzte zur Gruppenaktivität, dem Reiten durch die Berge, gekommen. Ich habe den Shuttlebus verpasst und war auf ein Taxi angewiesen.

Thunderbolt war aus offensichtlichen Gründen das letzte Pferd, das noch übrig war.

„Alles in Ordnung", rufe ich Carrie zu, als sie im Schlamm ausrutscht und verzweifelt versucht, das Pferd zu bändigen, das nichts von ihr wissen will. „Es sieht so aus, als würde es ohnehin regnen."

Es ist später Nachmittag und der Himmel ist eine einzige Horrorvorstellung aus dunklen Regenwolken. Es sieht so aus, als würde er sich jeden Augenblick öffnen und Armageddon auf uns alle herabregnen.

„Ich habe das Wetter gecheckt", antwortet Carrie, während sie mit einem gezwungenen Lächeln auf dem Gesicht dem Pferd durch den Schlamm hinterherrennt, „und es soll nicht regnen."

„Hast du schon mal in den Himmel geschaut?", murmle ich vor mich hin.

Ich wende mich um und schaue zu meiner Gruppe. Ungefähr ein Dutzend Leute von der Hochzeit haben sich für den Ausflug angemeldet, sitzen alle auf ihren ruhigen Pferden und schauen zu.

Meine Schwester Ashley liegt wahrscheinlich gerade im Bett und hat Spaß mit ihrem frischgebackenen Ehemann Dylan. Ich wünschte, ich könnte das auch. Vielleicht mit dem umwerfenden Park Ranger von gestern Abend. Ich kann nicht aufhören, an ihn zu denken.

Da bleibt Carrie in der Mitte der matschigen Koppel stehen und unterdrückt ein Lachen, als Thunderbolt von ihr davonprescht. Der Rücken des riesigen Pferdes ist völlig verkrampft und er sieht aus, als würde er jeden Moment losstürmen.

„Warum heißt er bloß Thunderbolt?", fragt Richard von seinem sehr braven, äußerst geduldigen Pferd aus.

„Ich bin mir nicht sicher", entgegnet Carrie und stemmt ihre Hände in die Hüften. Sie versucht nach all der Anstrengung wieder zu Atem zu kommen. „Tyler müsste das wissen."

„Tyler?", frage ich.

Meine ganze Gruppe ringt nach Luft und blickt überrascht hinter mich. Ich drehe mich um und sehe, wie ein riesiger Mann mit einem langen braunen Bart und strahlend braunen Augen auf mich zukommt. Er hat kräftige, tätowierte Arme und sieht aus, als wäre er direkt diesen Bergen entsprungen. Er steuert auf die Koppel zu, küsst Carrie auf die Lippen und schlendert dann seelenruhig zu dem Pferd hinüber.

Das Pferd bewegt sich nicht, als er sich ihm nähert. Sogar Tiere scheinen seine dominante Art wahrzunehmen und zu achten.

Er ergreift die Zügel und führt das Pferd zu mir herüber.

„Er gehört dir", verkündet er mit tiefer Stimme.

„Na toll", erwidere ich, während ich angespannt versuche, aufzusteigen. Er hilft mir aufzusitzen und das bereue ich sofort. Es fühlt sich an, als säße ich auf einer Rakete, die scharf geladen und abschussbereit ist.

„Also gut!", ruft Carrie mit roten Wangen und einem verlegenen Lächeln. „Wer ist bereit, die Berge zu erkunden?"

Wir machen uns auf den Weg und ich kann mich auf nichts Anderes konzentrieren, als auf diesem Pferd zu sitzen. Die herrliche Aussicht auf die Berge, die Wildtiere, die blühenden Blumen, die hoch aufragenden Espenbäume – all dem schenke ich keine Beachtung, während ich mich an Thunderbolts angespannten Rücken klammere und die Zügel festhalte, als würden wir gleich über einen Lavastrom hinwegspringen.

Die anderen Frischvermählten, Justin und Richard, sind mir auf ihren sanften, entspannten Pferden voraus. „Hast du die Arme von dem Kerl gesehen?", flüstert Justin ihm zu. „Ich frage mich, ob er wohl Intervallfasten macht?"

„Nein, das ist einfach ein richtiger Kerl", antwortet Richard. „Diese Muskeln kommen aus den Bergen, nicht aus dem Fitnessstudio."

Die beiden fangen an sich darüber zu unterhalten und ich muss wieder an den Park Ranger von gestern Abend denken. Sind diese Muskeln etwa auch ein Produkt der Berge? Sie haben auf jeden Fall so ausgesehen.

Die Fremdenführerin Carrie deutet auf Vögel, aber es klingt, als würde sie sich die Hälfte davon ausdenken. „Das ist ein Gelber Peekacoo", behauptet sie und deutet auf einen Vogel in einem Baum. Als der Regen einsetzt, fliegt er davon.

Zuerst ist der Regen leicht, aber schon bald öffnen sich sämtliche Schleusen.

Thunderbolt spannt sich noch mehr an.

„Möchte jemand vielleicht sein Pferd eintauschen?", frage ich, während ich meine Schenkel angespannt um seinen geschmeidigen Rücken schlinge.

Keiner antwortet. Keiner wendet sich auch nur um.

Irgendetwas ist mit diesem Pferd los. Es wirft ständig den Kopf herum und macht diese seltsamen Geräusche.

Seine Augen sind ganz groß und verstört, als hätte er vergessen, sein Xanax zu nehmen und stünde kurz vor einem Nervenzusammenbruch.

„Wirklich niemand?“, frage ich.

Die Wolken werden immer dunkler und Thunderbolt versucht, sich vom Weg zu entfernen.

„Hey!“, keuche ich, als er auf einen steilen Abhang zusteuert. Ich reiße an den Zügeln und versuche, ihn mit aller Kraft in die andere Richtung zu zerren. Dabei gibt er ein Geräusch von sich, das ich nur als „Leck mich“ verstehen kann.

„Alles in Ordnung?“, fragt Richard, als er mich über seine Schulter ansieht.

„Carrie!“, schreie ich. „Ich brauche Hilfe!“

Doch die kämpft mit der Kapuze ihrer Regenjacke und versucht, sie über ihren Kopf zu ziehen. „Was?“

„Dieses Pferd sieht nicht gerade sehr ...“

Da durchzuckt ein heller Lichtblitz den dunklen Himmel und bald darauf folgt ein tiefes, dröhnendes Donnergrollen. Ich kann es in meiner Brust spüren. Es ist ohrenbetäubend.

Da rastet Thunderbolt aus. Und zwar so richtig.

Ich schreie auf, als die Rakete abgefeuert wird. Er hebt in einem waghalsigen, unkontrollierten Sprint den steilen Abhang hinunter ab.

„Was zum Teufel!!!“, schreie ich, als ich die Zügel festhalte, während dieses verrückte Pferd vorwärts schießt, als stünde sein Schwanz in Flammen. Mein Hintern hüpft auf dem nassen, rutschigen Sattel, während der stechende Regen auf mein Gesicht prasselt. Ich kann überhaupt nichts sehen. Nicht atmen. Ich kann mich bloß festhalten und beten, dass er mich nicht abwirft und ich diesen Berg hinunterrolle und mir dabei alle Knochen breche.

„*Stopp!*“, flehe ich schreiend. „Bitte halt doch endlich an, verdammt!!“

Ich zerre an den Zügeln, presse meine Oberschenkel zusammen, flehe, schreie, versuche alles, aber das Pferd gibt einfach nicht auf.

Gerade als wir den unteren Teil des Abhangs erreichen, ertönt ein weiterer Donnerschlag über unseren Köpfen. Thunderbolt legt einen weiteren Sprint hin und hebt durch den Wald ab.

„Scheiße!“, schreie ich, als ich mich vor den fliegenden Ästen ducke. Er springt über einen Felsen, nimmt an Geschwindigkeit zu und rast durch die Bäume, während ich um mein Leben kämpfe.

Tränen vermischen sich mit dem Regen, der über mein Gesicht läuft. *Ich muss sterben.*

*Ich muss sterben, ohne jemals die Liebe eines Mannes in meinen Armen gespürt zu haben. Ich sterbe als Jungfrau.*

Der Donner hört gar nicht mehr auf und Thunderbolt lässt nicht locker.

Ich ahne jetzt, warum er Thunderbolt heißt. Sobald er Donner vernimmt, prescht er los.

Und rennt weiter ...

Tief in die Wildnis.

Ängstlich blicke ich mich um und versuche zu ergründen, wie ich wohl zurückfinden soll.

Ich muss mir bestimmte Wegpunkte einprägen.

*Also, dieser Busch. Erinnere dich an diesen Busch ...*

Aber schon nach zehn Sekunden sind wir ein Fußballfeld von dem Busch entfernt und ich weiß schon nicht mehr, wie er aussieht. Es gibt eine Trillion Büsche in diesem Wald. Eine Trillion Bäume. Und alle sehen gleich aus! Ich finde nie den Weg zurück!

„Stopp, Thunderbolt, stopp!“, schreie ich, als er einen

neuen Energieausbruch erfährt und mich immer tiefer in den Wald trägt. Ständig ruckt er zur Seite und dreht abrupt ab. Ich habe keine Ahnung, in welcher Richtung die Ställe liegen. Und selbst, wenn ich ihn dazu bringen könnte, anzuhalten, wüsste ich nicht, wo zum Teufel es aus diesem Wald wieder rausgeht.

Endlich hält das Tier inne, aber dieses Arschloch von Pferd lässt mich einfach nicht in Ruhe. Er hüpft über einen umgestürzten Baumstamm und ich werde durch den Schwung nach hinten geschleudert. Ich vollführe einen Salto rückwärts von seinem Arsch und lande im nassen Gebüsch.

In meinem Kopf dreht sich alles, während ich im Schlamm sitze und der Regen auf mich niederprasselt, während ich beobachte, wie Thunderbolts großer Hintern immer kleiner wird, während er davonläuft.

Schließlich verschwindet er und ich bin ganz allein.

Ganz allein in dieser schrecklichen Wildnis, umgeben von hungrigen Bären und bösartigen Wölfen.

Ganz allein im kalten Regen, nur mit einer kurzen Hose und einem Tanktop bekleidet.

Ganz allein mit nichts zu essen und einem Kater, der einfach nicht aufhört.

Als ich mich mit einem Kloß im Hals umschaue, wird mir klar, in welcher Scheiße ich stecke. Die Bäume sind so verdammt hoch, dass man mich von einem Flugzeug oder Hubschrauber aus nicht finden kann. Ich habe keine Ahnung, in welche Richtung ich laufen soll. Soll ich mich überhaupt in Bewegung setzen oder lieber an Ort und Stelle bleiben? Ich erinnere mich an einen Artikel mit dem Titel *Sieben Tipps, um sich im Wald zu behaupten wie ein Profi,* aber ich habe das verdammte Ding nie gelesen.

Ich hoffe, dass einer der Tipps lautet, loszuheulen und

sich selbst zu bemitleiden, denn wenn das der Fall ist, läuft es gerade prima für mich.

Ein kalter Schauer kriecht meinen Körper hinauf, als der eiskalte Regen in mich eindringt. Eine Gänsehaut breitet sich auf meiner Haut aus. Ich schlinge meine Arme um meinen Oberkörper, als das unkontrollierbare Zittern beginnt.

Das ist wirklich schlimm. Soooo schlimm.

Was zum Teufel soll ich bloß tun?

# Kapitel Drei

*Noah*

Ich betrachte mich im Rückspiegel und atme tief durch, als ich zur Greene Mountain Lodge zurückkehre.

*Sie ist da drin. Sie ist irgendwo da drinnen.*

Ich kann nicht aufhören, an sie zu denken. In meinem Kopf spielt sich der gleiche Augenblick immer wieder ab.

Ich sehe sie immer wieder auf der Tanzfläche tanzen und singen, sie sieht so unbeschwert aus, so strahlend, so verdammt verführerisch. Ich habe meinen Blick einfach nicht von ihr lassen können. Als ich sie gesehen habe, war ich fassungslos, ich war völlig überwältigt. Und zwar so richtig.

Ich war auf dem Heimweg von der Arbeit an der Lodge vorbeigekommen, um mich zu vergewissern, dass keiner der betrunkenen Hochzeitsgäste auf den Wanderwegen unterwegs war. Manchmal ist den Städtern gar nicht bewusst, wie leicht man sich hier oben nachts verirren kann, vor allem, wenn die Drinks in Strömen fließen.

Als ich meinen Kopf hineingesteckt habe, um mich mit dem Eigentümer, Owen, zu unterhalten, habe ich sie gesehen.

Meine Hände haben begonnen zu zittern. Richtiggehend zu zittern. Ich hatte schon mit grimmigen Grizzlybären zu tun und ein aufgebrachter Jäger hat mal eine Schrotflinte auf meine Stirn gerichtet, aber das hat meine Hände nicht zum Zittern gebracht. Nur diese Schönheit hat das geschafft.

Ich habe einfach nicht gewusst, was ich tun sollte. Als die Braut sie aus meinem Blickfeld weggezogen hatte, bin ich einfach abgehauen. Ich habe mich dafür gehasst, dass ich gegangen bin. Ich habe mich auf dem ganzen Heimweg verflucht und mir immer wieder gesagt, dass ich umkehren und sie ansprechen sollte, aber das konnte ich nicht. Ich brauchte etwas Zeit, um meine Gedanken zu sammeln. Um mich zu beruhigen. Um dieses angespannte Gefühl loszuwerden, das nur noch schlimmer zu werden schien.

Ich habe gewusst, dass ich, wenn ich noch eine Sekunde länger geblieben wäre, auf die Tanzfläche marschiert wäre, mir das Mädchen geschnappt, sie über meine Schulter geworfen und sie zu mir nach Hause gebracht hätte.

Und das ... wäre wohl nicht so gut ausgegangen.

In der Regel unternehmen Leute etwas, wenn ein Fremder versucht, einen geliebten Menschen zu entführen.

Ich wusste, dass es das Beste war, eine Pause einzulegen, mich neu zu sammeln und sie mir auf die gute alte Tour zu schnappen.

Ich öffne die Tür meines Trucks und steige aus. Der Regen ist heute wirklich mörderisch. Es schüttet in

Strömen und ich bin schon halb durchnässt, als ich zur Eingangstür der Greene Mountain Lodge eile.

Da ich nicht im Dienst bin, trage ich eine dunkle Jeans und ein hellblaues, zugeknöpftes Hemd mit Kragen unter einer Sportjacke, die jetzt vom Regen durchnässt ist.

Ich habe vor, an der Bar etwas zu trinken, meine Lady zu finden, sie anzusprechen, mich in sie zu verlieben und den Rest meiner Tage damit zu verbringen, sie glücklich zu machen und sie zum Stöhnen zu bringen.

Ansonsten sind die Einzelheiten noch ein wenig unklar. Ich bin mir aber sicher, dass es klappen wird. Sie und ich sind vom Schicksal füreinander bestimmt und das Schicksal hat immer Recht.

Ich nicke dem Türsteher zu und betrete dann die weitläufige Lobby. Sofort kann ich die Spannung im Raum spüren. Ein paar Gäste haben sich vor dem riesigen gemauerten Kamin versammelt und unterhalten sich über etwas.

Ich behalte sie im Auge, während ich zur Rezeption hinübergehe. Tina und Tiffany, die seltsamen Zwillinge mit dem glatten schwarzen Kurzhaarschnitt und der großen runden Brille, arbeiten dort.

„Was ist denn hier los?", frage ich sie.

Tina, oder vielleicht ist es Tiffany, zuckt mit den Schultern. „Irgendeine blöde Schnepfe hat sich im Wald verirrt."

„Ihr Pferd ist abgehauen und dann ohne sie zurückgekommen", erzählt Tiffany. „Das hat es wahrscheinlich mit Absicht gemacht."

„Warum sollte jemand überhaupt auf einem Tier reiten wollen?", fragt Tina mit einem angewiderten Gesichtsausdruck. „Ich meine, es gibt doch auch Fahrräder."

„Und Einräder", entgegnet Tiffany. „Lasst doch die Pferde in Ruhe, das sagen wir auch immer."

„Wie alt ist diese Frau?“, frage ich und schalte auf Park Ranger-Modus.

Tina zuckt mit den Schultern. „Um die Zwanzig? Um die Dreißig?“

„Ich hätte gedacht, sie wäre um die Vierzig.“

„Nein, wenn sie um die Vierzig wäre, hätte sie mehr Falten.“

Tiffany zuckt mit den Schultern. „Wie auch immer, es war die Schwester der Braut.“

„Die Schwester der Braut?“, frage ich und werde hellhörig. „Die, die gestern Abend das hellblaue Kleid getragen hat?“

Als die beiden das bestätigen, dreht sich mir der Magen um. Meine Kleine ist im Wald verschollen.

Mit pochendem Herzen begebe ich mich zu der Gruppe hinüber.

„Oh, gut“, ruft Lauren, die Managerin der Lodge, als sie mich sieht. „Noah, da bist du ja. Das ist der Park Ranger.“

Alle blicken mich mit hoffnungsvollen Augen an.

„Wie heißt sie denn?“

Ein älterer Mann, der ihr Vater sein könnte, antwortet. „Megan Botter“, erklärt er und wirkt verschreckt. „Können Sie sie finden?“

„Mit Sicherheit“, antworte ich, während sich meine Hand zu einer Faust ballt. Für diesen Augenblick bin ich gemacht worden. All die Jahre, die ich in den Bergen verbracht und dabei gelernt habe, wie man verschollene Wanderer aufspürt, haben mich auf diesen Augenblick vorbereitet. Nur, um sie zu finden.

So sind eben die Wege des Schicksals.

„Ich brauche etwas von ihr“, verkünde ich, während meine Gedanken über die nächsten Schritte rasen. „Etwas, das nach ihr riecht.“

„Hier“, antwortet die Braut und drückt mir einen Pullover in die Hand. „Der gehört Megan. Sie hat ihn gestern getragen.“

Alle sehen zu, wie ich ihn mir an die Nase halte und ihren süßen, köstlichen Duft einatme. Er durchströmt meine Lungen und setzt meine Seele in Brand.

„Wo ist sie zuletzt gesehen worden?“

---

„Braver Charlie!“, rufe ich, als ich dem Bluthund durch den Wald folge. Er hat bereits ihre Fährte aufgenommen und der beeindruckende Hund rennt zielstrebig vorwärts.

Sobald ich die Lodge verlassen hatte, bin ich zum Haus meines Freundes gerast. Colin arbeitet bei der Bergrettung und besitzt den besten Spürhund im ganzen Bundesstaat. An der ganzen Westküste haben Colin und Charlie schon verschollene Wanderer, verschwundene Kinder und ältere Menschen mit Demenz aufgefunden.

Leider war Colin nicht zu Hause, also musste ich ein Fenster einschlagen, um ins Haus zu gelangen. Ich habe eine kurze Nachricht hinterlassen, mir Charlie geschnappt und bin zu den Greene Mountain Pferdeställen gefahren. Der Besitzer Tyler hat mich dorthin gebracht, wo das Pferd sich erschreckt hat, und ich habe Charlie den Geruch von Megans Pullover gegeben.

Seit ein paar Stunden suchen wir nun schon im Regen. Diese ganze Nässe ist nicht gerade hilfreich. Sie spült den Geruch meiner Kleinen immer weiter fort. Charlie hat die Fährte ein paar Mal verloren, aber vor etwa zehn Minuten haben wir sie wiedergefunden und jetzt ist er flott unterwegs.

„Verlier sie bloß nicht, Kumpel“, flüstere ich, während

ich neben dem Hund herjage. Er schnüffelt nicht mehr überall herum. Er hat ihre Witterung aufgenommen und rast durch den Wald. Ich erspähe ein paar abgebrochene Äste, die von ihrem Pferd stammen könnten, als es weggelaufen ist.

Der Schwanz des Hundes ist erhoben, seine lange Schnauze schwebt über dem Boden und seine riesigen Schlappohren schlackern, während er sich bewegt.

Meine Augen suchen den dunklen Wald ab und halten verzweifelt nach ihr Ausschau. Ich werde diese Berge nicht verlassen, bis ich sie in meinen Armen halte. Und dabei ist mir egal, ob ich in einer Woche noch hier bin. Ich breche ohne sie ganz sicher *nicht* auf.

Plötzlich setzt Charlie zu einem Sprint an. Mein Herz setzt einen Schlag aus, als ich einen schrillen Schrei höre.

„Friss mich nicht!" Megan kauert sich zusammen und bedeckt ihr Gesicht mit den Armen. Charlie steht stolz neben ihr. Er sieht mich an, als ich zu den beiden hinüberlaufe.

„Schon gut", rufe ich, und lasse mich vor ihr auf die Knie sinken. „Alles gut. Du bist in Sicherheit."

Sie lässt langsam ihren Arm sinken und blickt mich mit diesen großen, unschuldigen blauen Augen an. Die verschlagen mir den Atem. Ich spüre, wie die Wucht dieser Augen aus nächster Nähe meinen ganzen Körper außer Gefecht setzt.

Das arme Mädchen ist völlig durchnässt. Ihr blondes Haar klebt an ihrem Kopf und sie zittert unkontrolliert. Sie trägt nur Shorts und ein Tanktop, und der kalte Regen setzt ihr schon seit Stunden zu.

„Du bist doch der Kerl ... von der Hochzeit ..."

Sie klappert mit den Zähnen und starrt mich an, als

wäre sie sich nicht sicher, ob ich echt bin oder nur eine Sinnestäuschung.

Sie erinnert sich tatsächlich an mich. In meiner Brust schwillt mein Herz an, während ich diese unschuldige Schönheit betrachte.

„Aber ja, Megan. Ich bin ja da. Und jetzt lasse ich dich nicht mehr los."

„W... wie heißt du?"

Ich ziehe meine Regenjacke und mein Hemd aus, während ich mich neben sie knie. „Ich bin Noah."

„N... Noah", flüstert sie, während ich ihr mit meinem zusammengeknüllten Hemd über die Arme und ihr Dekolleté wische. Ihre riesigen Augen streifen über meinen nackten Oberkörper, der nun von dem kalten Regen durchnässt wird. Ich schlinge den Regenmantel um sie, der groß genug ist, um ihren ganzen Oberkörper und den Großteil ihrer Beine zu bedecken.

Während ich ihr die Kapuze über den durchnässten Kopf ziehe, sieht sie mich mit diesen bezaubernden blauen Augen an.

„Du wirst bald ein heißes Bad nehmen", flüstere ich, während ich meine Arme um sie lege. „Dann kannst du dich abtrocknen, einen warmen Schlafanzug anziehen, ein heißes Getränk und etwas warmes Essen zu dir nehmen und dich in einem gemütlichen Bett verkriechen."

Ich hebe sie hoch und drücke sie an meine Brust, während Charlie zusieht.

„Wie hört sich das an?", frage ich mit einem Lächeln, als ich sie in meinen Armen sehe.

„Das hört sich himmlisch an", erwidert sie, während sie mich mit Dankbarkeit in den Augen anblickt. „Danke, dass du nach mir gesucht hast."

Sie so zu halten und sie so verletzlich zu sehen, weckt

meine Beschützerinstinkte. Die übernehmen jetzt die Kontrolle.

Ich kann nur daran denken, dass ich sie für immer vor der Welt beschützen möchte. Ich verspüre den überwältigenden Drang, mich um sie zu kümmern, sie zu verteidigen und sie vor jeder Art von Schaden zu bewahren.

Dieses unbändige Bedürfnis pflanzt sich in mir fort. Es bahnt sich seinen Weg durch meinen Körper, verdrahtet mein Gehirn neu und nimmt meine gesamte Aufmerksamkeit in Beschlag, bis sich jeder Gedanke, der mir durch den Kopf geht, ausschließlich um sie und ihre Sicherheit dreht.

Ich spüre, dass diese Begegnung mein Leben verändert. Sie wird nicht wieder verschwinden. Das Bedürfnis, mich um sie zu kümmern und sie für mich zu gewinnen, wird mich für immer begleiten.

Sie ist die Richtige für mich.

Ich drücke sie an meine Brust und frage mich, ob sie wohl spüren kann, wie sehr mein Herz für sie schlägt. Dann rufe ich den erfahrenen Bloodhound.

„Lass uns gehen, Charlie", fordere ich den durchnässten Hund auf, der uns neugierig beäugt. „Nach Hause. Lauf *nach Hause*."

Sofort springt er auf und saust durch den Wald den Weg zurück, den wir gekommen sind. Ich halte meine Kleine in meinen kräftigen Armen und folge ihm im Eiltempo.

Die Fährte sollte auf dem Rückweg leicht zu verfolgen sein. Für diesen Hund sollte das ein Klacks sein, also kann ich ihn das erledigen lassen und mich voll und ganz auf den Schatz in meinen Armen konzentrieren.

Sie muss von der ganzen Tortur hundemüde sein, aber sie schließt weder die Augen noch schläft sie ein. Stattdessen blickt sie mich die ganze Zeit an, mit diesen fesselnden blauen Augen, die mich unter ihren langen, dichten Wimpern hervor betrachten.

Mit jedem Schritt verliebe ich mich mehr in sie.

Als wir aus dem Wald neben den Greene Mountain Pferdeställen auftauchen, dämmert es bereits. Die Sonne geht auf, wir sind alle drei erschöpft und ich bin ohne jeden Zweifel besessen von diesem umwerfenden Mädchen in meinen brennenden Armen.

# Kapitel Vier

*Megan*

Noah beugt sich über mich und ich stöhne auf, als ich die Kraft seines Gewichts auf meinem Körper spüre. Feuer und Hitze peitschen durch meine Adern und kribbeln in meinen Händen, während ich mit den Fingerspitzen über seine harte, muskulöse Brust streiche.

Er ist so heiß. Ich begehre ihn so unglaublich stark.

„Du gehörst jetzt mir, Megan“, stöhnt er, als seine Lippen auf meinen schweben. Ich schmecke seinen warmen Atem. Er schmeckt nach Sex.

Ich wölbe meinen Rücken, als ich spüre, wie seine pralle Erektion gegen meine heiße Scham drückt. Scheiße, fühlt sich das gut an. Ich stöhne und krümme mich unter ihm, ich will mehr, ich will alles.

„Oh, Megan“, stöhnt er, als er seinen harten, wundervollen Schaft gegen mich drängt. „Megan! Megan! *Megan!!!*"

Keuchend reiße ich die Augen auf und stoße einen markerschütternden Schrei aus, als ich das Gesicht meiner Mutter über mir schweben sehe.

„Mom, was machst du da?!", schreie ich, als ich von ihr wegrutsche. Ich stoße mit dem Rücken gegen das große Kopfteil aus Eichenholz und greife verzweifelt nach den Decken, die ich über meinen erhitzten, geröteten Körper ziehe. *Was hat sie wohl gesehen? Was habe ich da so laut gewimmert?*

„Du hast schlecht geträumt", stellt sie fest, als sie sich zu mir herunterbeugt.

Nein, ich hatte den besten Traum aller Zeiten!

„Hast du Fieber? Du bist doch ganz verschwitzt."

Sie versucht, meine Stirn zu berühren, aber ich weiche ihr aus. „Nur ... Bitte. Ich brauche einen Moment."

Meine Mom runzelt die Stirn, als sie mich ansieht. Mein Herz klopft wie wild und mein Puls rast. Selbst meine Muschi weiß nicht, was da gerade geschehen ist. In einem Augenblick lebt sie noch ihre Fantasie aus, im nächsten ist meine Mutter da.

Noch schrecklicher wird man wohl nur geweckt, wenn man einen Eimer eiskaltes Wasser über den Kopf gekippt bekommt.

„Was machst du denn hier?", frage ich, während ich sie fassungslos anstarre und noch immer flach und hektisch atme. „Hast du ... hier geschlafen?"

Auf dem Stuhl vor dem Fenster liegt eine Decke. Sie hat also hier geschlafen.

„Ich habe mir solche Sorgen gemacht", erklärt sie, während ihr Kinn zittert. „Ich wollte dich nicht allein lassen."

Ihre Tränen fließen nun in Strömen und ich trete zu ihr und umarme sie. Es ist schon komisch, dass manchmal die Person, die das Schlimmste durchgemacht hat, am Ende diejenige ist, die alle anderen tröstet.

Sie klammert sich an mich, während ich ihr den Rücken streichle.

„Du hättest doch auch im Bett schlafen können, Mom", stelle ich fest und schaue auf den kleinen Stuhl. Der sieht nicht gerade sehr bequem aus und das Bett ist riesig.

„Ich wollte dich nicht stören", betont sie, als sie mich endlich loslässt. „Hast du denn Angst gehabt? Das muss doch schrecklich gewesen sein."

„Es war nicht so schlimm", lüge ich. In Wahrheit war es furchtbar. Wenn ich nur daran denke, fühle ich mich sofort wieder verloren. Ich habe schon gedacht, ich würde sterben.

Ich bin eine Weile im Wald herumgeirrt, aber als mir klargeworden ist, dass ich den Weg nach draußen nicht alleine finden würde, habe ich mich hingekauert und gewartet. Worauf, das konnte ich nicht sagen, aber ich habe nicht gewusst, was ich sonst tun sollte.

Die erste Stunde habe ich damit verbracht, mich selbst zu bemitleiden, aber dann hat etwas in mir ausgesetzt. Ich hatte genug davon, mich selbst zu bemitleiden. Ich hatte es satt, darauf zu warten, dass mir etwas zustoßen würde. Ich hatte es satt, im Leben zu versagen und nichts zu tun, um es zu ändern.

Also habe ich mir geschworen, dass ich mich bessern würde, wenn ich aus diesem Wald herauskäme. Ich würde die Frau sein, die ich schon immer sein wollte. Ich würde die Dinge anpacken, mutig und abenteuerlustig sein und mich von nichts und niemandem aufhalten lassen.

Ich atme tief durch, als mir dieser Schwung und diese Entschlossenheit wieder in den Sinn kommen. Ich kann nicht zulassen, dass dieses Gefühl verblasst. Ich kann nicht zulassen, dass es sich verflüchtigt und ich zum alten Trott zurückkehre. Ich muss es zum Anlass nehmen, etwas zu verändern. Ich muss mich daran erinnern, wie ich mich am Vorabend gefühlt habe.

Ein paar Stunden später verblassten diese Entschlossenheit und dieser Tatendrang jedoch, als die Kälte tief in meine Knochen eindrang. Ich zitterte so sehr, dass es wehtat. Ich dachte, ich würde an Unterkühlung sterben, und zwar noch bevor ich die Sonne aufgehen sah, aber dann kam dieser nasse, wundervolle Hund angerannt.

Zuerst habe ich ihn für eine hungrige Bestie gehalten, die mir den Garaus machen wollte, aber dann habe ich Noahs Stimme vernommen. Ich kann mich noch deutlich an sie erinnern.

*„Alles gut. Du bist in Sicherheit."*

Er hat sich wie ein Engel angehört. Und auch so wie einer ausgesehen.

Ich hatte seit Stunden keine Wärme mehr gespürt und ein Teil von mir glaubte nicht, dass ich sie jemals wieder spüren würde. Ich hatte schon ganz vergessen, wie sich die angefühlt hatte, als wäre es eine ferne, kaum zugängliche Erinnerung. Aber als dieser wunderschöne Mann mich in die Arme genommen und mich an seine muskulöse Brust gedrückt hat, habe ich gespürt, wie die Wärme jeden Zentimeter von mir durchdrungen hat. Sie hat sich durch meinen ganzen Körper ausgebreitet und ich wusste, dass es mir gut gehen würde.

Allerdings wusste ich auch, dass nichts mehr so sein würde wie vorher, denn als er mich in Sicherheit gebracht hatte, habe ich mich in ihn verliebt.

„Dieser Park Ranger", erzählt meine Mutter mit einem Schlucken. „Der wollte dich gar nicht loslassen."

„Ach was?“

Einige Augenblicke sind mir deutlich in Erinnerung, während andere ein wenig verschwommen sind. Ich erinnere mich dunkel daran, wie er mich in den Stall getragen hat. Die Pferde haben mich angeglotzt. Meine Freunde und meine Familie waren da.

Der Arzt wollte mich untersuchen, aber Noah wollte mich nicht absetzen. Und ich habe das Ganze nicht gerade erleichtert, indem ich mich an seinen kräftigen, scharfen Arm geklammert habe.

Mein Vater hat ihn schließlich mit fester Stimme aufgefordert und er hat mich schließlich freigegeben. Der Arzt hat alle außer meinen Eltern rausgeschickt und das war das letzte Mal, dass ich ihn gesehen habe.

„Er ist die ganze Zeit draußen geblieben, mit diesem entzückenden Hund an seiner Seite“, erzählt meine Mutter. „Selbst als ich ihm gesagt habe, dass es dir gut geht, wollte er nicht gehen. Ich habe ihn gedrängt, nach Hause zu gehen und ein bisschen zu schlafen. Dann habe ich ihm noch zu verstehen gegeben, dass sein Hund hungrig ausgesehen hat und dass wir ihn später anrufen würden, und dann ist er endlich losgezogen, aber es hat viel Überzeugungsarbeit gekostet. Er wollte wirklich nicht. Kennst du diesen Kerl?“

„Nun ... Nein. Ich glaube nicht.“

„Er schien ziemlich angetan von dir zu sein.“

Ich werde hellhörig. „Wirklich?“

Sie nickt und blickt in die Ferne, als wäre sie in einem Tagtraum versunken. „Er hat wirklich gut ausgesehen. Er hat dich an seine Brust geschmiegt, dabei hatte er nicht mal ein Shirt an. Ich war fast schon ein wenig eifersüchtig.“

„Mom!“

Sie lacht. „Was? Ich bin doch immer noch eine Frau,

oder? Ich hatte schon immer eine Schwäche für Park Ranger."

Ich schließe meine Augen und schüttle den Kopf. Ich schätze, meine Mutter und ich haben die gleiche Schwäche für heiße Park Ranger. Na toll. Das hätte ich jetzt nicht unbedingt wissen müssen.

Ich muss das Thema wechseln, bevor ich noch mehr verstörende Einzelheiten erfahre, die ich dann nicht mehr so schnell vergessen kann.

„Ist das Pferd immer noch abgängig? Sucht jemand nach ihm?"

Thunderbolt mag ein unkontrollierbares Miststück sein, aber ich möchte nicht, dass ihm etwas zustößt. Der arme Kerl ist ja nur abgehauen, weil er Angst bekommen hat.

„Er ist vor dir zurückgekommen", berichtet Mom. „Er ist einfach zurück in den Stall geschlendert, als wäre nichts passiert."

„Dein Dad wollte ihm schon eine reinhauen."

„Er wollte ein Pferd verprügeln?!"

Oh Gott, ich kann mir gar nicht vorstellen, was die Besitzer der Stallungen jetzt von meiner Familie denken.

„Es war sehr stressig für uns!", verteidigt ihn meine Mutter. Ich weiß zwar nicht, wie man es rechtfertigen kann, ein Pferd zu schlagen, aber ich schätze, das tun glückliche Paare nun – sie halten sich gegenseitig den Rücken frei, egal, was passiert.

„Tut mir leid", sage ich und umarme sie. „Aber jetzt sollten wir das alles vergessen und den Rest unseres Urlaubs genießen. Ich verlaufe mich nicht mehr in den Bergen. Versprochen."

„Nur für den Fall, dass du dich verirrst, kaufe ich einen GPS-Tracker für dich."

„Mom!"

„Er passt in deine Handtasche“, sagt sie achselzuckend. „Du wirst ihn kaum bemerken.“

„Wir werden sehen“, antworte ich und schüttle ungläubig den Kopf. „Du kannst jetzt ruhig schon mal gehen. Ich möchte nur noch duschen und dann etwas essen gehen.“

„Ich möchte dich ja nicht drängen, Schatz“, sagt sie, während ich sie praktisch zur Tür schiebe, „aber unten sind eine Menge Leute, die dich gerne sehen würden. Die haben sich schon große Sorgen gemacht.“

Ich kann mir ein Lächeln nicht verkneifen, weil ich weiß, dass sie sich alle Sorgen um mich gemacht haben. „Ich beeile mich.“

Nach der heißesten Dusche meines Lebens mache ich mich fertig und laufe die Treppe hinunter. Ich ziehe mir ein Outfit an, das sowohl lässig als auch aufregend ist: Jeansshorts und eine lockere weiße Bluse, die in der Mitte geknöpft wird. Ich lasse einen Knopf mehr offen als gewöhnlich und schließe das Outfit mit meinen neuen Sandalen ab, die ich letzte Woche im Angebot gekauft habe.

Alle warten schon in der Lobby. Ich werde oft umarmt und meine Schulter ist ganz nass (von den Tränen meines Vaters, meiner Schwester und meiner Tante), bis ich alle durchhabe.

Ich suche den Raum ab, um jemand ganz Bestimmtes zu finden, aber er scheint nicht hier zu sein.

Als das Schluchzen vorbei ist und ich endlich frei bin, schleiche ich mich zur Rezeption, um mich mit den Zwillingen zu unterhalten.

„Toll, man hat dich gefunden“, verkündet Tina mit flacher Stimme und ohne jegliche Gefühlsregung oder Freude in ihrem Gesicht.

„Wir haben dir doch gesagt, dass es bescheuert ist, auf

Tieren zu reiten“, stellt Tiffany mit einem verächtlichen Blick fest.

Ich zwinge mich zu einem Lächeln. „Stimmt ... Wie auch immer, ich möchte dem Park Ranger danken, dass er mich gerettet hat. Wisst ihr, wo ich ihn finden kann?“

„Zwanzig Mäuse“, antwortet Tiffany.

„Was?!“

„Zwanzig für jede“, fügt Tina schnell hinzu.

„Ist das euer Ernst? Mein Leben war in Gefahr ...“

„Wegen deiner eigenen Unvernunft.“

„... und ich möchte dem Mann danken, der mich gerettet hat.“

„Reine Zeitverschwendung, wenn es nach uns geht.“

„... und ihr wollt mir dafür Kohle abknöpfen?!“

Sie mustern mich beide und sagen dann gleichzeitig „Ja“.

Am liebsten hätte ich vor Enttäuschung laut aufgeschrien, aber stattdessen reiße ich mein Portemonnaie auf und fische zwei Zwanzig-Dollar-Scheine heraus. „Da“, rufe ich, während ich sie auf den Tresen werfe. „Wo finde ich ihn jetzt?“

„Er steht direkt hinter dir“, meint Tina, während sie die zerknitterten Scheine von der Theke nimmt.

Ich drehe mich um und zucke zusammen, als ich sehe, wie Noah, der heiße, scharfe Park Ranger, die Lodge betritt und mich mit seinen Blicken festhält.

# Kapitel Fünf

*Megan*

Das ist jetzt schon das dritte Mal, dass mich der Anblick dieses Mannes überwältigt hat. Ich klammere mich an den Tresen, als er herüberkommt. Er trägt eine dunkelgraue Jeans und ein enges weißes T-Shirt. Sein langes braunes Haar ist locker zurückgekämmt. Er sieht so gut aus, dass mein Herz so schnell schlägt, als hätte sich ein Kolibri in meiner Brust festgesetzt.

Seine wunderschönen grünen Augen sind auf mich gerichtet, und nur auf mich, während er auf mich zugeht, als wolle er mich für sich einfordern. Ich kann seine Anziehungskraft regelrecht fühlen. Er sieht mich an, als ob ich ihm gehören würde. Als wäre ich sein Eigentum. Und das würde ich ja gar nicht in Abrede stellen. Im Augenblick habe ich das Gefühl, dass ich voll und ganz ihm gehöre.

Er kommt direkt auf mich zu und ich schlucke schwer, als ich in seine glühenden, attraktiven Augen blicke. Ich habe gar nicht gewusst, dass er so groß ist. So kräftig. Er ist mächtig. Schier gigantisch.

Ich schlucke, als mein Blick an seinen breiten, runden Schultern entlang zu seinem gewaltigen, tätowierten Bizeps wandert. Diese Arme haben mich gestern Abend getragen.

Er hat mich hochgehoben, als wäre ich schwerelos, und mich durch die dicht mit Bäumen bewachsenen Berge getragen. Ich habe mir zwar schon gedacht, dass er stark sein musste, wenn er dazu in der Lage war, aber mir war nicht klar, wie mächtig er aus der Nähe aussehen würde. Als ich ihn das erste Mal gesehen habe, war das aus der Ferne und das zweite Mal war es spät in der Nacht, also war es dunkel und ich war nicht ganz bei mir.

„Hallo, Park Ranger Wright", ruft Tina von hinter mir.

„Hallo", antwortet er, aber er wendet seinen Blick nicht von mir ab, also bin ich mir nicht sicher, mit wem er spricht.

„Ich wollte mich bei dir bedanken, dass du mich ... ähm, gerettet hast. Gestern Abend."

Mein Gehirn ist ein Wirrwarr aus Gedanken und Gefühlen, wenn die Aufmerksamkeit dieses scharfen Mannes auf mich gerichtet ist. Es scheint, als hätte ich völlig vergessen, wie man sich wie ein Mensch verhält.

Sogar meine Hände sind in ständiger Bewegung. Ich lege eine Hand auf meine Hüfte, aber das fühlt sich komisch an, also lege ich sie auf den Tresen, aber das wiederum ist mir unangenehm, also reibe ich sie aneinander, bis mir klar wird, dass das wahrscheinlich ziemlich seltsam aussieht. Ich schiebe sie in meine Taschen und muss ein angespanntes Lachen unterdrücken.

„Geht es dir gut?", fragt er mit einer sanften, aufreizenden Stimme. Sie ist so tief wie der Donner und so elektrisch wie ein Blitz. Mir läuft ein Schauer über den Rücken, sobald ich sie wieder höre.

„Alles in Ordnung“, erwidere ich und nicke heftig. „Es ist mir nie besser gegangen.“

Die Megan von gestern hätte wahrscheinlich schon längst gekniffen und sich eine Ausrede einfallen lassen, um wegzulaufen, aber so möchte ich nicht mehr sein. Ich lasse mich von dem kühnen, abenteuerlichen Gefühl leiten, das ich gestern Abend verspürt habe.

„Ich bin auf dem Weg in die Stadt, um einen Happen zu essen“, erzähle ich, während ich auf meine unruhigen Hände starre. „Möchtest du mich vielleicht begleiten?“

Ich kann ihm nicht einmal in die Augen schauen. Das ist zu einschüchternd. Ich bin vielleicht noch nicht ganz so mutig und abenteuerlustig, aber ich habe ihn um ein Date gebeten, und das ist doch schon mal ein Anfang.

„Das würde ich sehr gerne“, antwortet er mit dieser sanften, männlichen Stimme.

Meine Blicke huschen zu ihm hinauf. „Wirklich?“

*„Wirklich?“,* stoßen Tina und Tiffany hinter mir aus.

Er lächelt und meine Knie geben fast nach. „Natürlich. Ich kenne einen tollen Burgerladen in der Stadt. Möchtest du dich in meinen Truck schwingen?“

„Ja! Gerne! Ich sage bloß meiner Mom Bescheid. Ich komme dann raus.“

Seine aufreizenden grünen Augen verweilen einen langen Augenblick auf mir, bevor er lächelt und dann zur Tür geht. Ich betrachte seinen riesigen V-förmigen Rücken mit all den straffen, verführerischen Muskeln, die durch sein T-Shirt zu sehen sind. Danach wandert mein hungriger Blick hinunter zu seinem knackigen Hintern, der in dieser Jeans so verdammt gut aussieht.

Er wirft mir einen Blick über seine breite Schulter zu, bevor er nach draußen verschwindet.

„Hast du ihn gerade gefragt, ob er mit dir ausgeht?“, fragt Tina verwundert.

„Vielleicht sollten wir uns auch mal in den Bergen verlaufen, wie diese bescheuerten Stadtmädchen“, antwortet Tiffany, während sie auf die Tür starrt.

Sie halten immer noch die Zwanzig-Dollar-Scheine in der Hand und sind beide abgelenkt. Ich lasse meine Hände wie Schlangen hervorschnellen und reiße ihnen beide Scheine aus der Hand.

„Hey!“, jammern sie beide.

„Ihr solltet euch vielleicht ein anderes Mal in den Bergen verlaufen“, erwidere ich und grinse sie an, während ich mich davonmache. „Denn dieser Park Ranger wird vollauf damit beschäftigt sein, sich in dieses bescheuerte Stadtmädchen zu verlieben.“

Sie runzeln beide die Stirn, als ich ihnen die Zunge rausstrecke und mich aus dem Staub mache.

---

„Was genau macht eigentlich ein Park Ranger?“, frage ich, nachdem die Kellnerin unsere Speisekarten mitgenommen hat und gegangen ist.

„Du meinst, außer wunderschöne Frauen aus dem Wald zu retten?“

Meine Wangen werden heiß, als er mich anlächelt. „Ja, abgesehen davon.“

Er hat ein wirklich sympathisches Lächeln. Jedes Mal, wenn ich es sehe, fühle ich hunderte Schmetterlinge in mir herumflattern.

Er ist so heiß, dass es schwer ist, sich auf seine Worte zu konzentrieren. Ich ertappe mich immer wieder dabei, wie ich mich in seinen wundervollen grünen Augen verliere oder von seinen sinnlichen Lippen in den Bann gezogen werde. Ich fühle mich wieder wie ein Teenager im Matheunterricht, der versucht, aufmerksam zu sein.

„Wir überwachen Schutzgebiete und nehmen Wilderer fest", erklärt er mir. „Außerdem schützen wir die Wildtiere und achten auf die Einhaltung der Regeln und Vorschriften."

„Du bist also die meiste Zeit draußen? Das muss ja wirklich schön sein hier draußen."

Er nickt, während er mich anlächelt. „Ich schätze, ich würde hinter einem Schreibtisch verrückt werden. Ich bin viel mehr für die Arbeit in den Bergen geeignet."

Ich erfahre, dass er schon sein ganzes Leben hier lebt und die Gegend besser kennt als jeder andere. Da drängt sich mir eine Frage auf. Ich bin mir zwar nicht sicher, ob ich die Antwort wissen möchte, aber ich stelle sie ihm trotzdem.

„Gibt es in diesen Bergen denn auch Wölfe und Bären?"

„Ja, natürlich. Jede Menge."

Ich erschaudere, wenn ich nur daran denke, dass ich mich letzte Nacht in so große Gefahr begeben habe. Er muss meinen Gesichtsausdruck bemerkt haben, denn er fährt schnell fort.

„Bei Gewitter jagen sie nicht", meint er mit sanfter, beruhigender Stimme. „Du warst nicht in großer Gefahr."

„Wirklich?"

Ich kann nicht sagen, ob er mir zuliebe lügt. „Ich bin nur froh, dass ich rechtzeitig da war. Ich kümmere mich für den Rest deines Aufenthalts um dich. Wie hört sich das an?"

Das hört sich an, als wäre ich im Paradies. „Danke, ich werde dich sofort verständigen, wenn ich in die Höhle eines

Grizzlybären gerate oder in einen Fluss voller Piranhas falle."

Wir sitzen in einem hübschen Restaurant in der Stadt, dem McArthur's, an einem ruhigen Tisch neben den Fenstern, die auf Greene Mountain Town hinausschauen.

Mir gefällt es hier außerordentlich gut. Die Stadt ist so wunderschön mit ihren bezaubernden Geschäften und dem atemberaubenden Blick auf die Berge im Hintergrund. Alle Leute sehen so geborgen und glücklich aus, wenn sie über die kopfsteingepflasterten Bürgersteige laufen. Ich lächle, als ich ein junges Paar sehe, das geduldig darauf wartet, dass sein Kleinkind endlich nachkommt. Es ist fasziniert von einer Taube, die gerade eine Eiswaffel verdrückt. Sie werden wohl noch eine Weile dort stehen bleiben.

Greene Mountain Town sieht wie ein netter Ort aus, um ein neues Leben zu beginnen und eine Familie zu gründen. Ich freue mich so sehr für meine Schwester, dass sie das hier mit ihrem Seelengefährten tun kann.

„Deine Schwester hat geheiratet?", fragt er. „Wie war die Hochzeit?"

„Die war spitze", antworte ich mit einem Lächeln. „Allerdings hatte ich ein paar Drinks zu viel. Ich schätze, den Teil hast du gesehen."

Er lächelt, während er mich mustert. „Du hast wunderbar ausgesehen, als du da draußen getanzt hast."

„Warum bist du dann gegangen?"

Die Frage sprudelt nur so aus mir heraus. Ich schätze, das ist Teil meiner neuen, mutigen und abenteuerlustigen Persönlichkeit. Offenbar kennt die neue und verbesserte Megan keinen Filter.

Noah braucht ein paar Sekunden, um seine Gedanken zu sammeln. Ich lehne mich vor, als er einen Schluck von seinem Eistee nimmt und dann zu sprechen beginnt.

„Ich wäre ja gerne geblieben", meint er, während er langsam zu mir aufschaut. „Aber ich habe mir selbst nicht ... getraut."

„Dir selbst nicht getraut?", frage ich und lege den Kopf schief. „Bist du etwa Alkoholiker oder so?"

„Nein, nein", antwortet er. „Nichts dergleichen." Er atmet tief durch. „Ich habe mir in deiner Nähe selbst nicht getraut."

Gut, jetzt bin ich *wirklich* durcheinander.

„Wenn ich weiß, was ich möchte, Megan, dann nehme ich es mir auch. Ich bin nicht wirklich gut in Selbstbeherrschung."

„Na gut ... Aber was wolltest du denn?"

Er mustert mich, bis es plötzlich klick macht. Oh! Oh!

„Dich. Ich wollte dich."

Mir bleibt der Mund offenstehen, aber es kommen keine Worte heraus. Was sollte man dazu auch sagen? Wie reagiert man, wenn der mit Abstand attraktivste Mann, den man je zu Gesicht bekommen hat, einem eröffnet, dass er einen so sehr will, dass er sich Sorgen um seine Selbstbeherrschung macht?

Zum Glück muss ich das nicht herausfinden, denn da kommt auch schon die Kellnerin mit unserem Essen.

„Danke, April", sagt Noah, als sie uns die Burger vor die Nase stellt und eine Flasche Ketchup aus ihrer Schürze holt.

„Guten Appetit", antwortet sie knapp, bevor sie geht. Sie sieht nicht gerade besonders freundlich aus.

Mein Magen ist immer noch ganz aufgewühlt wegen der letzten Unterhaltung, also wechsle ich das Thema. Diese Megan ist mutiger und abenteuerlustiger als je zuvor, aber auch die neue und verbesserte Megan hat ihre Grenzen. Und ich bin mir nicht sicher, ob ich schon bereit bin, diese Grenzen zu überschreiten.

„Geht es deinem Hund denn gut?", frage ich, als ich mich daran erinnere, wie durchnässt er war. Der arme Kerl hat sich wahrscheinlich den Schwanz abgefroren.

„Charlie?", fragt er, während er seine Serviette auf dem Schoß ausbreitet. „Der gehört mir nicht."

„Ach nein? Er hat dir doch aufs Wort gehorcht. Ich war mir sicher, dass er deiner ist."

„Er ist einfach ein guter Junge", meint er und lächelt. „Sein Besitzer heißt Colin. Er arbeitet mit zwei anderen Jungs bei der Bergrettung. Oh, da fällt mir was ein. Hast du nach dem Essen schon was vor?"

Ich zucke mit den Schultern. „Nö."

„Ich habe letzte Nacht Colins Fenster eingeschlagen, um Charlie zu holen, also möchte ich ihm das Geld für die Reparatur vorbeibringen. Möchtest du mich begleiten? Dann kannst du deinen pelzigen Freund wiedersehen und dich angemessen bei ihm bedanken."

„Auf jeden Fall!", erwidere ich strahlend. „Aber ich möchte für das Fenster bezahlen."

Ich habe zwar kaum einen Cent zur Verfügung, aber ich werde einfach mein Konto überziehen und mir dann zu Hause was einfallen lassen.

„Daraus wird nichts", antwortet er, während er in eine Pommes frites beißt. „Aber du kannst etwas Anderes machen ..."

---

Das andere ist, einen Hundeknochen für Charlie zu besorgen. Nach einem vergnüglichen späten Mittagessen halten wir an der Tierhandlung in der Stadt und ich kaufe den Ferrari unter den Hundeknochen. Der Mann hinter dem Tresen behauptet, es sei der beste, den sie haben, und ich frage mich, ob er wohl schon alle selbst probiert hat, aber ich bin zu schüchtern, um zu fragen.

„Ich hoffe, er mag ihn", verkünde ich, als wir wieder in den Truck steigen.

„Bestimmt", antwortet Noah, während er den Sicherheitsgurt über seinen mächtigen Körper spannt. „Ich habe einmal gesehen, wie er ein benutztes Taschentuch vom Boden aufgefressen hat, also glaube ich nicht, dass du dir allzu viele Sorgen machen musst."

„Nun, der Typ hat gesagt, es wäre der beste Knochen auf dem Markt, also ..."

„Woher will er das denn wissen?", fragt Noah lachend. „Hat er sie alle selbst durchprobiert?"

„Das habe ich auch gedacht!"

Wir plaudern auf dem Weg dorthin und fangen an, uns richtig gut zu verstehen. Die Unsicherheit, die ich zu Beginn des Dates verspürt habe, scheint zu verschwinden, je länger wir uns unterhalten. Er wirkt nicht mehr so einschüchternd, je näher ich ihn kennenlerne. Er ist nicht mehr nur ein heißer, kraftstrotzender Mann aus den Bergen, obwohl er das immer noch ist, sondern er ist auch Noah – ein süßer, fürsorglicher Kerl, in den ich mich langsam aber sicher verknalle.

„Und was machst du so in New Jersey?", fragt er. „Ich wette, es ist etwas ganz Tolles."

Mir wird ganz flau im Magen. „Nicht wirklich."

Er sieht mich an und ich werde rot.

„Ich bin Immobilienmaklerin", sage ich seufzend.

„Das ist ja wirklich großartig", stellt er fest. „Du vermittelst Leuten das Haus ihrer Träume. Das ist schon was ganz Besonderes."

„Das wäre es“, antworte ich, während ich aus dem Fenster auf die vorbeiziehenden Bäume schaue, „wenn ich etwas verkaufen würde, aber das tue ich nicht. Ich habe an meinem allerersten Tag einen Verkauf abgestaubt und das war's.“

„Du hast einen Verkauf erzielt, das ist doch klasse! Du hast doch gerade erst angefangen, also geh nicht so hart mit dir ins Gericht.“

„Das war vor drei Jahren.“

Er wirft mir einen Blick zu.

„Was?“

„Vielleicht hättest du hier draußen mehr Glück.“

„Hier draußen?“, frage ich lachend. „Gibt es hier draußen überhaupt Häuser?“

Er lacht, während er sich wieder der Windschutzscheibe zuwendet. Um uns herum sehen wir nur Bäume. Wir fahren auf einer ruhigen Bergstraße, auf der es außer dem Asphalt, auf dem wir fahren, keine Anzeichen von Zivilisation gibt.

„Aber ja“, grinst er, „Wir mögen es nur etwas zurückgezogener, als du gewohnt bist, also kannst du sie nicht sehen.“

Ich lächle ihn an und lasse meinen Blick länger auf ihm verweilen, als ich es den ganzen Tag getan habe. Die Fenster sind geöffnet und die warme Sommerbrise weht durch sein braunes Haar. Sein rechter Arm ist ausgestreckt, während er das Lenkrad festhält und seine kräftigen Muskeln unter den scharfen Tattoos anspannt. Er sieht so unbeschwert aus. Er ist sich seiner Sache so sicher, als wäre er mit seinem Truck in den Bergen zu Hause. Da frage ich mich, ob ich mich jemals so wohl gefühlt habe, wo ich lebe. Ob ich so aussehe, als gehöre ich dazu, wenn ich durch die Straßen von New Jersey streife.

Ich habe New Jersey immer für zu laut und zu überfüllt gehalten. Da kann ich gut verstehen, wie jemand, der sein ganzes Leben hier gelebt hat, so friedlich sein kann. Die Berge haben etwas Demütigendes an sich.

Jedes Mal, wenn wir um eine Kurve biegen, bietet sich uns eine neue atemberaubende Aussicht. Vor kurzem war da ein herrlicher Wasserfall, ein wunderschöner Bach und jetzt schaue ich gerade auf eine wunderschöne Klippe, an die sich hohe Bäume klammern.

„Möchtest du zufällig ein Haus kaufen?“, frage ich mit einem verschmitzten Grinsen.

Er lächelt, als er mich ansieht. „Sobald das der Fall ist, melde ich mich bei dir.“

„Ich will doch hoffen, dass du dich schon vorher meldest.“

Kurz bevor er vom Highway auf einen steilen Feldweg abbiegt, ernte ich wieder eines dieser umwerfenden Lächeln.

„Darauf kannst du wetten.“

# Kapitel Sechs

*Megan*

„Ich möchte dich nur vorwarnen", meint Noah, als wir uns abschnallen. „Colin hat vielleicht nicht gerade die beste Laune."

„Warum, weil du sein Fenster eingeschlagen hast?"

„Ja, deswegen", schmunzelt er, „und weil er nie gute Laune hat."

„Oh", antworte ich und betrachte das schöne Haus mit einer leichten Anspannung in meinem Körper. Es ist eine moderne Hütte mit großen Fenstern und einer wunderschönen, rundumlaufenden Veranda. Das Haus liegt eingebettet zwischen den Bäumen, ohne dass Nachbarn in Sicht sind. Es sieht aus, als gehöre es auf Instagram und nicht zu einem alten Miesepeter.

Ich schaue auf den Sicherheitsgurt in meiner Hand und überlege schon, ob ich ihn wieder anlegen und im Auto bleiben soll. Dann sehe ich Charlie mit seinen riesigen

Schlappohren durch das Haus tapsen und vergesse seinen mürrischen Besitzer.

Ich springe aus dem Truck, gehe in die Knie und strecke meine Arme aus, als er zu mir herüberschlurft. Er ist so verdammt süß!

„Erinnerst du dich noch an mich?", frage ich, als er in meine Arme kommt und mit dem Schwanz wedelt, als wären wir beste Freunde, die nach Jahren der Trennung wieder vereint sind. „Du bist so ein guter Junge. Danke, dass du mich letzte Nacht gerettet hast."

Seine Nase findet schnell den Knochen in meiner Hand und sein Schwanz erhält einen neuen Energieschub.

„Möchtest du den?", frage ich, als ich ihm das Ding hinhalte. „Den habe ich dir mitgebracht."

Behutsam nimmt er ihn ins Maul und watschelt davon, um an ihm herumzukauen, während seine langen Ohren hin und her wackeln.

Da knallt die Fliegengittertür zu und ich blicke erschrocken auf. Das muss Colin sein. Er steht auf seiner Veranda und hat nichts an außer einer verblichenen Jeans. Er blickt finster drein. Auch wenn er nicht freundlich aussieht (und sich nicht sonderlich freut, uns zu sehen), sieht er auf seine eigene, schroffe Art und Weise unglaublich gut aus. Er hat lange braune Haare, einen dichten Bart und strahlende braune Augen. Während Noah durch und durch wohlgeformt und muskulös ist, ist Colin einfach nur riesig. Sein muskulöser Körper ist wie ein Panzer gebaut.

Mir ist Noah mit seinem lockeren Lächeln und seinem hübschen Gesicht viel lieber.

„Bist du gekommen, um ein weiteres Fenster einzuschlagen?", fragt Colin in einem scharfen, knappen Ton.

„Ich bin gekommen, um dir das Geld zu geben", antwortet Noah, während er hinübergeht. Ich würde ihm nicht zu nahe kommen, aber Noah scheint nicht im Geringsten eingeschüchtert zu sein. „Und ein bisschen mehr für den Ärger."

Colin knurrt, als er den dicken Umschlag entgegennimmt. Mit einem Stirnrunzeln zählt er die frischen Banknoten.

Ich schaue mich nach Anzeichen für eine Frau um, aber ich kann nichts entdecken. Meine Güte, was ist das nur mit diesen Bergen? Hier wimmelt es nur so von heißen, alleinstehenden Männern. Es scheint, als müssten alle Männer mindestens 1,80 Meter groß sein, gewaltige Muskeln und Tattoos haben und verdammt heiß sein, um hier Zutritt zu erhalten.

Es fühlt sich an, als wäre ich in ein Paralleluniversum geraten, in dem pure Männlichkeit an der Tagesordnung steht.

In dieser Stadt sollte ich ein Immobilienunternehmen gründen und Häuser an alleinstehende Frauen im ganzen Land vermarkten. Wenn alleinstehende Frauen von diesem Ort wüssten, würde jede von ihnen hierherziehen wollen. Jedes Mal, wenn ein Haus auf den Markt käme, würde ich von hungrigen Frauen wohl überrannt werden.

Ächzend schiebt Colin den Umschlag in seine Gesäßtasche. „Aber, wenn du das nächste Mal in mein Haus einbrichst, mach den Insektenschutz wieder dran. Ich habe ungefähr hundert Moskitos gekillt."

„Mach ich." Dann schenkt Noah ihm dieses entspannte Lächeln. Es macht mich ganz wuschig, aber bei Colin scheint es nichts zu bewirken, außer dass er grummelt.

Seine dunkelbraunen Augen fixieren mich und ich spüre, wie sich mein ganzer Körper zusammenzieht.

„Ist das die Kleine?"

Noah sieht mich an und lächelt. „Das ist sie."

„Du hältst dich in Zukunft besser an die Wege“, warnt mich Colin mit finsterem Blick. „Da draußen gibt es jede Menge hungriger Grizzlybären, die nur darauf warten, dass jemand in ihre Höhle läuft.“

„Das reicht jetzt“, warnt Noah. Er stellt sich neben mich und legt seinen Arm um meine Schultern. Ich liebe es, wie er mich beschützt.

„Oh“, bemerkt Colin und verdreht die Augen. Unser gemeinsamer Anblick scheint seine Laune noch mehr zu verschlechtern. „Sind wir dann fertig hier?“

„Wir wollten uns nur dafür bedanken, dass du uns Charlie geliehen hast“, erwidere ich, „und uns dafür entschuldigen, dass wir dein Fenster eingeschlagen haben. Ich weiß, das muss für dich höchst ärgerlich gewesen sein, aber es hat uns so viel bedeutet ...“

Da dreht er sich einfach um und geht hinein. Die Fliegengittertür knallt zu und mir fällt die Kinnlade runter.

Wie zum Teufel kann er bloß so unhöflich sein? Nicht einmal in New Jersey sind die Leute so ungehobelt! Ich hatte angenommen, dass die Leute hier draußen netter wären.

Ich stehe fassungslos da, als Noah mich mit einem Achselzucken ansieht. „So ist Colin eben“, meint er und grinst. „Und jetzt lass uns von hier verschwinden.“

Ich verabschiede mich von Charlie (der sich sehr über seinen Knochen gefreut hat) und steige dann wieder in Noahs Truck.

„Er arbeitet bei der Bergrettung?“, sage ich, als wir wieder die Straße entlangrollen. „Ich glaube nicht, dass ich von dem Kerl gerettet werden möchte. Der ist doch furchterregend.“

„So schlimm ist er doch gar nicht“, stellt Noah fest, als er um eine Kurve biegt. Die Hütte verschwindet hinter den

Bäumen. „Er ist gut in seinem Job, aber er hatte ein hartes Leben."

Ich bin neugierig, was mit ihm passiert ist, aber ich möchte mir den Nachmittag nicht mit traurigen Geschichten verderben. Es kommt nicht jeden Tag vor, dass ich ein Date (das ist doch ein Date, oder?) mit einem heißen, muskulösen Park Ranger habe, der mich in seinem Truck durch die malerischen Berge fährt.

„Hast du Jasper's Lookout schon gesehen?", fragt Noah, während er die Fenster herunterkurbelt.

„Nein", antworte ich, während ich mich zurücklehne und die angenehme Brise mein Gesicht kitzeln lasse. „Was ist das?"

„Das ist der schönste Ort in ganz Montana. Er liegt hoch oben auf dem Silvergray Mountain und du kannst die ganze Stadt sehen und dann kilometerweit die atemberaubende Wildnis in der Umgebung."

„Ist das der Ort, an dem die Männer aus den Bergen mit den Touristinnen rummachen?", frage ich grinsend.

Dann dreht er sich um und lächelt mich an. „Manchmal."

Mein Blick wird von seinem Mund gefesselt. Ich frage mich, wie es wohl wäre, Noah zu küssen. Er ist wahrscheinlich die ideale Mischung aus stürmisch und sanft. Ich stelle mir vor, wie sich diese großen, starken Hände anfühlen würden, wenn sie meinen Körper erforschen und mein Puls beginnt zu rasen.

*Sei mutig. Sei abenteuerlustig. Hol dir einmal in deinem Leben, was du möchtest.*

„Zeigst du mir die Stelle?", frage ich ihn.

Sein Blick fällt für eine Sekunde auf meinen Mund, bevor er mich lächelnd ansieht. „Auf jeden Fall."

---

Es ist atemberaubend hier oben. Wir sitzen auf der Motorhaube von Noahs Truck in Jasper's Lookout und ich bin sprachlos, als ich den wunderschönen Ausblick vor uns genieße. Ein Gefühl der Dankbarkeit und Ehrfurcht überkommt mich, wie ich das noch nie erlebt habe. Vielleicht liegt es an meiner Nahtoderfahrung letzte Nacht oder daran, dass ich diesen wundervollen Mann an meiner Seite habe, aber ich habe das Gefühl, alles in einem neuen Licht zu sehen.

Die Luft ist so frisch. So sauber. Der Regen von letzter Nacht ist von den durstigen Pflanzen und Bäumen aufgesogen worden und alles riecht so herrlich nach Kiefern und Wildblumen. Ich wünschte, ich könnte diesen Duft in Flaschen abfüllen und mit nach Hause nehmen, um an ihm zu schnuppern, wenn ich durch die dichten Abgase laufe, die die Stadt durchdringen.

Die Sonne geht langsam über den rauen Gipfeln der Berge von Montana unter und wirft einen warmen, goldenen Schein auf die beeindruckende Aussicht. Die Vögel in der Ferne bringen uns ein Ständchen mit ihrem Gesang und das sanfte Rascheln der Blätter über unseren Köpfen erfüllt mich mit einem Gefühl von Lebendigkeit und Frische.

„Es ist wunderschön, nicht wahr?", fragt Noah, als meine Augen zu tränen beginnen.

„Ja", erwidere ich und blicke auf die üppigen grünen Wälder, die sich bis zum Horizont erstrecken. Ein riesiger, tiefblauer See und mehrere Flüsse durchziehen den Wald, weit entfernt von der bezaubernden kleinen Stadt, die inmitten all dessen liegt. Beim Anblick der Greene Mountain Lodge muss ich lächeln.

Ein tiefes Gefühl der Wertschätzung für die Natur und all ihre Wunder beginnt mich zu überkommen. Die Erhabenheit der Berge und die Weite der Wildnis erinnern mich an meinen kleinen Platz in der Welt. Habe ich überhaupt einen? Ich habe immer gedacht, der wäre in New Jersey, aber jetzt bin ich mir da nicht mehr so sicher.

„Weinst du etwa?", fragt Noah, als er mich ansieht.

Schnell wische ich mir die Tränen aus den Augen, aber es kommen immer wieder neue dazu.

„Tut mir leid", erwidere ich und schäme mich. Typisch für mich, beim ersten Date loszuheulen.

„Das muss dir doch nicht leid tun", flüstert er. „Dieser Ort hat eine besondere Art, dich mit dem zu verbinden, was wichtig ist."

Er lässt seine Hand auf meine gleiten und mein Herz macht einen Sprung bei dem warmen Gefühl. Ich verschränke meine Finger mit seinen und halte seine Hand fest, während wir die atemberaubende Aussicht bewundern.

Dieser Mann ist unglaublich. Er hat mich weder ausgelacht noch mir das Gefühl gegeben, dass ich dumm bin. Er hat es verstanden. Er hat mich verstanden.

Ich wende mich ihm zu und schaue ihn an. Sogar sein Profil ist wunderschön. Mein Herz kann nicht noch mehr Schönheit vertragen, ehrlich. Es quillt über vor Schönheit.

Dann dreht er sich zu mir und wir schauen uns in die Augen. Irgendetwas geschieht hier. Das ist kein normales erstes Date. Kein peinliches Bangen oder unangenehmes Schweigen mehr. Ich habe das Gefühl, dass ich diesen Mann schon mein ganzes Leben lang kenne. Ich fühle mich so wohl bei ihm, er hat einfach diese sichere, beruhigende Art an sich.

„Wie wäre es, wenn ich ... ein bisschen hier rumhängen würde?“, sage ich, bevor ich noch den Mut verliere.

Seine Augenbrauen heben sich. Ein langsames Lächeln zeichnet sich auf seinem Gesicht ab.

„Du denkst darüber nach, hierher zu ziehen?“

„Vielleicht ... ja. Was hältst du davon?“

Er fährt sich mit der Hand durch die Haare, während er sich wieder der Aussicht zuwendet und immer noch lächelt.

„Ich finde, das solltest du.“

„Wirklich?“

Er nickt, während er sich mit seinen leuchtend grünen Augen wieder mir zuwendet. „Das Schicksal hat uns zusammengeführt, Megan. Damit ist seine Aufgabe erledigt. Jetzt liegt es an uns, zusammen zu bleiben.“

„Glaubst du das wirklich? Ich meine, wir kennen uns doch noch nicht mal seit vierundzwanzig Stunden.“

„Wenn man es weiß, weiß man es eben.“

Ich lache. „Und du bist dir so sicher, dass du das weißt?“

„Ich habe es sofort gewusst, als ich dich auf der Hochzeit tanzen gesehen habe. Du warst so voller Leben und ansteckender Energie. Ich habe sofort gewusst, dass ich für den Rest meines Lebens von diesem Feuer umgeben sein möchte. Und als ich dich dann im Wald gesehen habe, durchnässt und verschreckt, aber immer noch kämpferisch und den Kopf hoch erhoben, ist mir bewusst geworden, wie stark du bist.

„Als ich dich auf dem Rückweg im Arm gehalten und an meine Brust gedrückt habe, war ich so glücklich wie noch nie, auch wenn der kalte Regen mir ins Gesicht gepeitscht hat.“

Seine Blicke sind einfach zu viel. Ich schaue auf unsere verschränkten Hände, während heftige Gefühle in mir aufflammen. Ich gehe auf keinen Fall. Wie könnte ich jetzt noch?

„Ich möchte dir gehören, Megan. Denn du gehörst bereits mir."

Er sieht mich mit flehenden Augen an.

„Ich glaube, ich habe es mir anders überlegt", erwidere ich schlicht und einfach. „Ich fahre wieder nach Hause."

Er zuckt zusammen und umklammert seine Brust, als hätte ich ihm gerade das Herz herausgerissen.

„Das war ein Scherz", erwidere ich schnell. „Vielleicht bleibe ich noch ein bisschen länger. Ich gehe davon aus, dass Ashley und Dylan mich bei sich wohnen lassen, während sie in den Flitterwochen sind."

„Und wenn nicht, kannst du bei mir unterkommen."

Die Aufrichtigkeit in seinen Augen ist so echt, dass ich nicht anders kann, als ihn zu küssen. Ich beuge mich vor, neige meinen Kopf nach oben und er erledigt den Rest.

Diese weichen, saftigen Lippen kommen auf meine und er küsst mich, als hätte er sich schon lange danach gesehnt. Ich stöhne auf, als er meine Hand loslässt, meine Hüfte ergreift und mich näher zu sich zieht.

Noah zu küssen ist so atemberaubend wie diese Berge.

Er ist so lecker. Das könnte ich ewig tun.

Ich lasse meine zitternde Hand über seinen starken Arm gleiten, während er seine Zunge in meinen Mund gleiten lässt und den Kuss vertieft.

Nach einer langen Weile zieht er sich zurück und ich öffne langsam meine Augen. Ich hatte gar nicht bemerkt, dass sie geschlossen waren.

Noah hält mein Gesicht mit beiden Händen fest. Seine sinnlichen grünen Augen betrachten meinen Mund, als wäre er das Faszinierendste, was er je gesehen hat. Als er sich nicht mehr zurückhalten kann, beugt er sich mit einem Stöhnen zu mir herunter und küsst mich erneut.

Hie bleibe ich.

Ich habe mich mein ganzes Leben lang verloren gefühlt. Zu Hause, bei der Arbeit, mit Freunden, mit der Familie.

Aber hier mit Noah ist das ganz anders.

Ich habe endlich das Gefühl, gefunden worden zu sein.

# Kapitel Sieben

*Noah*

Ich kann nicht aufhören, dieses Mädchen zu küssen.

Unsere Lippen sind wie Magnete. Sie können sich nicht lange voneinander fernhalten.

Megan stöhnt in meinen Mund, als ich ihre süße Zunge schmecke. Meine Hand gleitet ihre Rippen hinauf und streift die Seite ihrer Brust.

Ich kann sie nicht loslassen. Ich kann nicht zulassen, dass sich diese Schönheit aus meinem Griff löst und sich auf den Rückweg quer durchs Land macht.

Wie soll ich mit dem Wissen weiterleben, dass sie dort drüben ist, ohne dass ich mich um sie kümmern kann? Was soll ich bloß mit mir anfangen? Ich mache mich bestimmt verrückt, das weiß ich. So kann ich einfach nicht weiterleben.

Ich liebe diesen Ort und die Berge sind tief in meiner Seele verwurzelt, aber ich würde sie sofort verlassen, wenn ich mich zwischen meinem Zuhause und meiner Kleinen entscheiden müsste. Ich ziehe nach New Jersey, wenn sie nicht hierherziehen möchte. Ich würde sogar auf dem verdammten Mond leben, wenn ich dafür in der Nähe dieses Engels bleiben könnte.

Wir lösen uns voneinander und schauen uns in die Augen. Ich lecke ihren süßen Geschmack von meinen Lippen und mein Körper bettelt nach mehr. Ich möchte alles von ihr. Heute Nacht.

„Du bist so schön", flüstere ich, während ich sie an mich drücke. „An diesen Augenblick werde ich mich immer erinnern."

Die Sonne senkt sich langsam hinter den schroffen Gipfeln der Berge und taucht den Himmel in leuchtende rosarote und violette Farbtöne, die Temperatur ist herrlich warm mit einer leichten Brise, und wir haben den ganzen Ort für uns allein.

Außer uns ist keine Menschenseele zu sehen. Es fühlt sich an, als wären wir auf dem Gipfel der Welt.

„Ich auch", antwortet sie mit ihrer sanften, süßen Stimme. „Du kannst wirklich toll küssen."

Ich grinse, als ich mich zu ihr hinunterbeuge und ihr einen weiteren Kuss gebe. Sie wölbt ihren Rücken, während sie mit ihrer geschmeidigen Zunge an meiner entlanggleitet. Ihre Brüste drücken gegen meinen Oberkörper und mein Schwanz schmerzt vor Verlangen. Ich bin so hart. Dieser scharfe Engel hat mich unglaublich erregt.

„Die letzte Nacht hat für mich alles verändert", stellt sie fest, als wir uns voneinander lösen.

„Für mich hat sich auch einiges verändert", flüstere ich, während ich ihren Hals küsse. Mit einem Stöhnen wirft sie ihren Kopf zurück, während ich sanfte Küsse auf ihre

Kieferpartie verteile. Meine ganze Welt drehte sich wieder um sie.

„Ich habe beschlossen, mutiger zu sein. Abenteuerlustiger."

Sie lässt ihre Hand in meinen Nacken gleiten und drückt meinen Kopf an sich. Ich küsse eine Spur an ihrem Hals entlang bis zu ihrem Schlüsselbein. Ich möchte jeden Zentimeter von ihr schmecken. Möchte herausfinden, ob der Rest ihres süßen Körpers genauso lecker ist wie ihr Mund.

„Ich habe beschlossen, lauter zu werden und mir zu holen, was ich möchte", verkündet sie, während ich meine Handfläche auf ihren Oberschenkel gleiten lasse.

„Und was möchtest du, meine Süße?", frage ich zwischen zwei Küssen.

Sie packt mich an den Wangen und zieht meinen Kopf hoch, bis ich ihr in die sanften blauen Augen blicke. „Dich", antwortet sie. „Ich möchte dich, Noah."

Daraufhin küsse ich sie heftig auf den Mund und stürze mich mit fleischlicher Lust auf sie. Sie wimmert, als sie spürt, wie sich meine Härte in ihren Schenkel drückt. Mit den sanften Küssen ist es vorbei. Unsere Münder sind jetzt heiß und drängend. Wir begehren einander.

„Ja", keucht sie, als ich anfange, die Knöpfe ihrer Bluse von unten nach oben aufzumachen. Sobald ich den letzten Knopf öffne, öffnet sich ihre Bluse und ich stütze mich mit dem Ellbogen auf.

Sie ist umwerfend. Verdammt atemberaubend.

Meine Kleine liegt mit ihren blonden Haaren auf meiner Windschutzscheibe und hat einen begehrlichen Blick in den Augen. Ihre Bluse ist offen und enthüllt ihre herrlichen Brüste, die zum Großteil noch von ihrem weißen Spitzen-BH verdeckt werden. Sie bewegen sich auf fesselnde Weise auf und ab, während sie tiefe, sinnliche Atemzüge macht.

Mein Schwanz *sehnt* sich nach ihr. Ich habe noch nie jemanden so sehr begehrt. Ich brauche sie, so wie ich atmen muss.

„Ich möchte dich auch, Megan", antworte ich, während ich meine Hand auf ihren Bauch gleiten lasse. Erregung blitzt in ihren Augen auf, als ich die Mitte ihres BHs mit meiner Faust umschließe. „Du bist die Richtige für mich. Heute und für immer, du bist die Einzige, die ich will."

Sie leckt sich die Lippen, während sie mich mit diesen begehrlichen, sinnlichen Augen betrachtet. „Ich gehöre bereits dir, Noah. Also, lass es uns tun."

Ich grinse, während sie mich anlächelt. „Lass es uns verdammt noch mal tun."

Dann ziehe ich ihren BH herunter und ihre wundervollen Brüste kommen zum Vorschein. Mein Herz setzt einen Schlag aus, als ich sie ein paar Sekunden lang bewundernd betrachte.

Sie so zu sehen – mit entblößten Brüsten, geöffnetem Mund und vor Erregung glänzenden Augen – ist das Erotischste und Verführerischste, was ich je gesehen habe. Ich präge mir dieses Bild ein, damit ich es nie vergesse, und dann stürze ich mich auf sie und verschlinge sie mit meinem Mund.

Mit einem Stöhnen wölbt sie ihren Rücken, als sie meinen Mund auf ihrer harten Brustwarze spürt, küssend und saugend, während ich ihre andere Brust mit meiner Hand massiere.

*„Oh, Noah"*, stöhnt sie, als ich zwischen ihren Brüsten wechsle und ihre andere Brustwarze mit meiner Zunge abtaste, bevor ich sie in den Mund nehme und daran sauge.

Während ich mit ihren zarten, sinnlichen Brüsten

spiele, streift sie ihre Bluse ab, öffnet ihren BH und zieht ihn aus.

Mit jeder Sekunde, die ich in der Gegenwart dieses Engels verbringe, durchzuckt mich ein heißes Feuer. Ich fühle mich, als würde ich träumen. Wie habe ich nur so viel Glück haben können, mit einem Mädchen wie ihr zusammen zu sein?

Ich lecke über den unteren Teil ihrer Brüste und ziehe dann weiter eine Spur von Küssen an ihrem Bauch entlang. Dabei lasse ich mich von der Motorhaube des Trucks gleiten und bleibe davor stehen, um meine atemberaubende Frau zu betrachten, während mein Schwanz wütet. Er ist stahlhart in meiner Hose und ich weiß, dass er so schnell nicht nachgeben wird.

„Ich möchte mehr von dir schmecken", verkünde ich mit tiefer, rauer Stimme. Sogar ich kann das intensive Verlangen darin hören. Ich kann mein Begehren nach diesem Mädchen nicht verbergen. Nicht mehr.

Also lasse ich meine Hände über ihre Schienbeine gleiten und fange an, ihre Beine zu spreizen, als ich bei ihren Knien ankomme. Sie hält mich nicht auf. Leistet keinen Widerstand.

„Möchtest du, dass ich dich koste?", frage ich mit tiefer, kräftiger Stimme, während ich mit meinen Händen die Innenseite ihrer Oberschenkel hinauffahre. „Möchtest du meinen Mund auf deiner heißen kleinen Pussy?"

„Oh fuck", flüstert sie, während sie mich betrachtet. Meine Hände erreichen ihre Shorts und ich streiche mit meinen Daumen über ihren Hügel, während ich mich langsam bis zum Knopf an ihrer Taille vorarbeite.

Sobald ich den Knopf öffne, bewegen sich ihre Brüste schneller auf und ab und ihr Atem beschleunigt sich.

„Antworte mir, Megan", frage ich mit fester Stimme,

während ich langsam ihren Reißverschluss nach unten ziehe. „Möchtest du meine heiße Zunge an deiner hübschen kleinen Pussy spüren?"

Sie schluckt schwer, während sie mich mit ihren großen blauen Augen betrachtet.

„Es ist doch Zeit, mutig und abenteuerlustig zu sein", erinnere ich sie, während ich mich über ihren Körper beuge. Ich lasse meine Lippen über ihren schweben und grinse. „Sag mir, was du möchtest, und es ist dein. Sag mir, dass du möchtest, dass ich dich probiere."

Ihre Augen sind auf die meinen gerichtet. Ich sehe, wie sich Entschlossenheit und Stärke in ihnen breitmachen. „Ich möchte, dass du mich probierst", flüstert sie.

Da dringt ein fleischliches Knurren aus meiner Kehle, während ich sie ansehe. „Ist deine Muschi auch schön feucht für mich?"

„So feucht", flüstert sie.

Am liebsten würde ich den Augenblick noch weiter in die Länge ziehen. Möchte noch mehr schmutzige Worte aus ihrem kleinen süßen Mund hören, aber ich kann mich nicht eine Sekunde länger zurückhalten. Ich möchte mich zwischen ihren Beinen vergraben und meine Zunge tief in ihr enges kleines Loch stecken.

Während ich nach unten gleite, fahre ich mit meinem Bart an ihrer nackten Brust entlang.

„Warte", ruft sie plötzlich. Ich erstarre und richte meinen Blick auf sie. „Kannst du ... Kannst du vielleicht dein Shirt ausziehen?"

Mit einem Grinsen stehe ich auf und streife es ab. Ihr Gesicht erhellt sich, als sie mich ansieht, während ich es in meine Gesäßtasche stopfe.

„Ist das der Anblick, den du schon immer mal sehen wolltest?", frage ich lächelnd, während ihre lüsternen

Augen über meine Brust und mein Sixpack wandern. Sie setzt sich auf und ihre großen, wunderschönen Brüste purzeln nach unten und wippen bei jeder Bewegung. Ihre harten kleinen Brustwarzen sehen so vollkommen aus, als sie nach vorne greift und mit ihren Händen über meinen harten Bauch streicht.

Dieser Aussichtspunkt zählt vermutlich zu den zehn schönsten Aussichtsplätzen des Landes, aber wir beide schenken ihm keine Beachtung. Wir können unsere Augen nicht voneinander abwenden. Dieser atemberaubende Sonnenuntergang ist nichts gegen meine Kleine.

„Ich liebe deine Tattoos", stellt sie fest, während sie mit ihren Händen über meine Schultern und meine Brust gleitet. „Und deine Arme. Die sind so heiß."

Ich nehme ihre Bluse und ihren BH von der Motorhaube und werfe sie hinter sie auf das Dach meines Trucks. Jetzt fehlen nur noch die engen Shorts und ihr nasses Höschen, und meine Kleine ist komplett nackt.

Ich umfasse ihre Brüste mit meinen großen Händen, während sie mit ihren Handflächen über meinen Bauch gleitet.

„Oh!", keucht sie auf, als sie die lange Stahlstange an meinem Bein entlanglaufen sieht. Nachdem sie die entdeckt hat, kann sie ihre Augen nicht mehr davon abwenden.

Die freche, arglistige kleine Hand sinkt nach unten und gleitet an meinem harten Schaft entlang, was mich zum Stöhnen bringt. Mein ganzer Körper wird schwach, als ich spüre, wie sie mich streichelt. Es liegen zwar zwei Lagen Klamotten zwischen uns, aber ich könnte leicht abspritzen, wenn sie so weitermacht.

„Leg dich wieder hin, Baby", fordere ich sie auf, während ich ihr Handgelenk nehme und ihre Hand wegziehe. Ich möchte zwar nicht, dass sie aufhört, aber mir läuft das Wasser im Mund zusammen, weil ich ihre Lieblichkeit probieren möchte. Ich muss ihre heiße kleine Pussy lecken, bevor mein Herz den Geist aufgibt.

Sie rutscht zurück auf den Truck und legt sich auf die große Windschutzscheibe. Dieses Mal bin ich nicht so sanft und behutsam. Ich packe die Seiten ihrer offenen Jeansshorts mit meinen Fäusten und ziehe sie fest nach unten. Sie rutscht an ihren Beinen herunter und ich werfe auf das Dach meines Trucks zu ihrer Bluse.

„Fuck“, flüstere ich, während ich mir mit der Hand über den Bart fahre. Sie trägt ein süßes rosa Baumwollhöschen und auf ihrem Schamhügel ist ein feuchter Fleck. Mir läuft das Wasser im Mund zusammen, als ich sie bewundernd betrachte.

„Noah“, meint sie mit schüchterner Stimme. „Ich möchte dir etwas sagen.“

Nur mit Mühe kann ich mich zurückhalten. Mein ganzer Körper ist angespannt und sehnt sich danach, sie einzufordern. Ich bin schon ganz aufgewühlt vor gierigem Verlangen.

„Ich habe sowas noch nie gemacht“, behauptet sie mit leiser Stimme.

Da richte ich meine Aufmerksamkeit wieder auf sie, und meine Anspannung lässt vorerst nach. „Was meinst du? Bist du ...?“

Sie nickt, während sie mich schüchtern ansieht. „Ich bin Jungfrau. Ich weiß zwar nicht genau, wofür ich mich aufgespart habe, aber ... das habe ich.“

Ich schlinge meine Arme um ihre offenen Beine und beuge mich über sie, bis mein Mund nur noch wenige Zentimeter von ihrem entfernt ist. Ich spüre die feuchte

Hitze ihrer Muschi, die gegen meinen Bauch drückt, während ich ihr in die Augen schaue.

„Du hast dich für mich aufgehoben?“

Sie nickt.

„So ist es gut“, flüstere ich, während ich auf ihre geöffneten Lippen und dann wieder in ihre wunderschönen blauen Augen schaue. „Du wirst so glücklich sein, dass du gewartet hast. Du wirst nie wieder irgendjemanden außer mir wollen.“

„Das will ich doch jetzt schon nicht“, flüstert sie zurück. „Ich möchte nur dich.“

Dann küsse ich sie heftig auf den Mund und als das Verlangen zu groß wird, ziehe ich mich zurück und lasse mich zwischen ihre Beine sinken.

„Gott, riechst du gut“, stöhne ich, als ich ihre weiche Muschi über ihrem Slip küsse. Ihr Duft füllt meine Lunge und berauscht mich. Ich bin ganz benebelt von ihrer Erregung. Betrunken vor Verlangen.

Sie holt tief Luft und hält den Atem an, als ich ihr Höschen packe und es langsam herunterziehe. Ich schaue ihr in die Augen, während ich es ihr über die Knie und dann von den Füßen streife. Das gehört nicht auf die Motorhaube meines Trucks zu ihren restlichen Klamotten. Ihr Höschen werde ich für immer behalten. Ich stecke es in meine Tasche, spreize langsam ihre Beine und betrachte dann zum ersten Mal ihre Muschi.

„Verdammt“, flüstere ich, als ich den umwerfendsten Anblick meines Lebens sehe. Eine Spur von hellen Löckchen führt zu ihren weichen, rosafarbenen Lippen, die von ihren Säften schimmern. Ihre Pussy sieht so makellos und straff aus. Ich hätte wahrscheinlich gewusst, dass sie noch Jungfrau ist, nur wegen des Anblicks ihrer engen kleinen Öffnung.

Mit meiner Hand an der Innenseite ihres Oberschenkels fahre ich mit dem Daumen ihren feuchten Schlitz hinauf und beobachte, wie sich ihre Lippen spreizen. Ihr warmer Saft tropft auf meinen Daumen und sie sieht atemlos zu, wie ich ihn zum Mund führe und mit einem Stöhnen sauberlecke.

„Du schmeckst wie Honig."

Dann beuge ich mich hinunter, schlinge meine Arme um ihre Oberschenkel, damit sie sich nicht bewegt, und streiche mit meinen Lippen über ihre weichen Schamlippen.

Ein tiefes Stöhnen entweicht ihr, während ich tief einatme und ihren berauschenden Duft in meine Lunge lasse.

Ich bin gerade im Himmel. Das ist der schönste Augenblick meines Lebens.

Ich küsse sanft ihren Kitzler und tauche dann mit meiner Zunge in ihr enges, feuchtklebriges Loch ein. Ihre Muschi umschließt meine Zunge und ich begreife plötzlich, wie unglaublich sie sich anfühlen wird, sobald sie meinen Schwanz umschlingt.

Nachdem ich einmal auf den Geschmack gekommen bin, kann ich mich nicht mehr zurückhalten. Ich verschlinge die Pussy dieses Engels, lasse meine Zunge in ihr weiches, feuchtes Fleisch gleiten, während sie sich windet und die aufreizendsten wimmernden Laute von sich gibt.

Ich möchte spüren, wie sie auf mir abspritzt. Möchte ihren unschuldigen Saft schlucken.

Sie packt mich an den Haaren, als ich meine Lippen um ihre Perle schließe und anfange, kräftig zu saugen.

„Oh ja, Noah", stöhnt sie, während sie mich festhält. „Deine Zunge fühlt sich so gut an. Hör nicht auf."

Ich streiche mit meiner Zunge über ihre harte Klitoris und arbeite mich dann wieder zu ihrer Öffnung vor, die ich mit meiner Zunge abtaste, bevor ich wieder eintauche.

Ich bin der Einzige, der sie so gesehen hat. Bin der Erste, der sie schmeckt.

Die Dankbarkeit und die Liebe, die ich dafür empfinde, wecken in mir den Wunsch, mich bei ihr erkenntlich zu zeigen, indem ich sie in den Wahnsinn treibe und ihrem Körper eine Erfahrung beschere, die sie nie für möglich gehalten hätte. Ich möchte, dass sie sich genauso unglaublich fühlt, wie ich mich gefühlt habe, als sie mir eröffnet hat, dass sie auf mich gewartet hat.

Ihre Hüften beginnen sich im Rhythmus meiner Zunge zu winden. Sie wälzt sich und reibt ihre Muschi an meinem hungrigen Mund, während ihre Schreie etwas lauter werden, etwas unruhiger.

Ich weiß, dass mein Mädchen kurz davor ist.

Ihre Säfte durchtränken meinen Bart. Mein Mund ist voll von ihrem süßen Verlangen und je mehr ich lecke, desto mehr gibt sie mir. Wie ein Wilder lecke ich ihre Pussy und sauge ihren klebrigen Nektar auf.

Ich arbeite mich zu ihrem Kitzler vor und während ich mit meiner Zunge darüber gleite, verstärkt sich ihr Griff in meinem Haar. Sie wölbt ihren Rücken. Dann stößt sie einen Schrei aus.

Ich nehme so viel von ihrer weichen Muschi in meinen Mund, wie ich kann, während sie sämtliche Hemmungen ablegt und auf mir abspritzt. Heißer Saft läuft auf meine Lippen und meine Zunge, während sie so laut schreit, dass ein paar Vögel vor Schreck davonfliegen.

Meine Zunge hört nicht auf, sich zu bewegen. Ich lecke ihre heiße, köstliche Pussy, während sie schreit, während sie zittert, während sie sich zurück auf die Windschutzscheibe sinken lässt und versucht, zu Atem zu kommen.

Ich lecke sie weiter, möchte ihr einen weiteren Orgasmus entlocken und dann noch einen, aber ich höre abrupt auf, als ich das Knirschen von Reifen höre, die die Straße hochkommen.

Verdammt!

Megan hört es auch. Sie springt von der Motorhaube des Trucks, reißt die Beifahrertür auf und springt hinein. In der einen Sekunde befinde ich mich im Himmel mit diesem Engel, und in der nächsten werde ich in die Wirklichkeit zurückgeschleudert.

Ich betrachte das Auto, das vorfährt und vor dem Aussichtspunkt parkt. Eine Familie steigt aus – zwei Eltern und zwei Kinder, die aufgeregt herumhüpfen.

Die Mutter verdreht die Augen, als sie sieht, dass ich ohne Hemd dastehe und eine riesige Erektion gegen die Innenseite meiner Hose drückt.

Ich lächle sie an, obwohl ich eigentlich nur möchte, dass sie verschwinden, dann schnappe ich mir die Kleidung meiner Kleinen vom Dach meines Trucks und steige ein.

„Kann ich die wiederhaben?", fragt Megan, während sie sich auf dem Boden vor ihrem Sitz versteckt.

„Auf gar keinen Fall", erwidere ich, während ich ihren atemberaubenden Körper betrachte. „Ich bin noch lange nicht fertig mit dir."

# Kapitel Acht

*Noah*

Ich halte das Lenkrad so fest umklammert, dass meine Fingerknöchel weiß hervortreten, als ich die Straße zurückfahre. Meine Eier *schmerzen* vor Verlangen, sich endlich zu entladen.

Ich will jeden Tropfen meines Samens, der sich in mir aufgestaut hat, in den knackigen, geschmeidigen Körper meiner Kleinen entladen. Ich muss sie unbedingt *befruchten*. Das brauche ich.

Megan blickt auf und rutscht dann auf den Sitz, als sie feststellt, dass wir nur von hohen Espenbäumen umgeben sind.

„Schade, dass wir gestört worden sind", sagt sie, während sie sich nach vorne lehnt und ihre nackten Brüste herunterhängen lässt. Es fällt mir schwer, bei ihrem Anblick auf die Straße zu achten. Ich verlangsame den Truck und lasse meinen Blick ein paar Sekunden lang über ihren Körper schweifen. All diese Kurven ... Verdammt, ich bin so was von verknallt.

„Ich habe das Gefühl, wir haben gerade erst angefangen."

Ich schlucke schwer, als ihre kleine Hand meinen muskulösen Oberschenkel hinaufgleitet. Selbst in meiner Jeans verursacht ihre Berührung eine Gänsehaut. Ihre Handfläche wandert weiter über meinen Schritt und entlang meines harten, pochenden Schwanzes.

„Verdammt", flüstere ich, als mein Kopf nach hinten sinkt und ich meine Augen schließe. Sie ist unglaublich. Wie kann eine einzige Berührung mir das Gefühl geben, dass nichts Anderes wichtig ist?

Die kleine Hand bewegt sich weiter und dann wandert sie über die Mittelkonsole meines Trucks und krallt sich an meinem Gürtel fest. Ich hebe meine Hüften, während ich den Truck steuere.

Sie reißt alles auf, zerrt meine Jeans herunter, greift in meine Boxershorts und holt meinen riesigen, harten Schwanz heraus.

Ich grinse, als ich ihr überraschtes Schnaufen höre. Ich bin eben ein großes Kerlchen und mein Schwanz macht da keinen Unterschied.

Er sieht riesig aus, wenn ihre kleine Hand ihn umschließt.

Dann legt sie ihren Mund auf meine Eichel und fängt an, meinen Schwanz zu lutschen, während ich den Truck zum Stehen bringe. Ich halte nicht einmal an der Seite der abgelegenen Bergstraße an. Ich bleibe einfach mitten auf der Straße stehen und betrachte ihre weichen, üppigen Lippen und ihre glatte, sinnliche Zunge.

Ich schlucke hart, während ich nach vorne starre,

meinen Kopf auf den Sitz lege und der blonde Kopf meiner Kleinen sich auf und ab bewegt, während sie meinen Schwanz mit ihrem feuchten Mund umschließt.

Ich stöhne auf, als ich mich zu ihr umdrehe und die Kurve ihres Rückens bewundere, ihr runder Hintern wippt bei jeder Bewegung ihres Kopfes mit. Sie stöhnt, als ich mit meiner Hand ihre Wirbelsäule entlangfahre und dann weiter in ihre Arschritze. Meine Finger finden ihre seidenfeuchte Muschi und ich tauche zwei von ihnen in ihre Öffnung.

„Deine Muschi ist so feucht und bereit", knurre ich. „Möchtest du diesen großen Schwanz noch woanders haben, nachdem du ihn gelutscht hast?"

Sie antwortet, indem sie meinen Schwanz hungrig einsaugt und laut und feucht an ihm lutscht. Ich ziehe meine mit ihrer Creme überzogenen Finger heraus, sauge sie trocken und lege dann meine Hand wieder auf ihre Muschi und reibe ihre harte kleine Klitoris, bis ihre Beine anfangen zu beben.

„Dein Mund fühlt sich so verdammt gut an", knurre ich, als sie mich tief in sich aufnimmt, so tief, dass es ihr im Hals wehtun muss. Sie würgt und röchelt an meinem Schwanz, aber sie hört nicht auf.

Meine Finger müssen die richtige Stelle getroffen haben, denn plötzlich spritzt sie über meine Hand ab. Ihr Körper zittert und bebt, als sie mich aus ihrem Mund herauszieht und vor Wonne schreit.

Während ihres gesamten Orgasmus bewegen sich ihre Hände unaufhörlich und ballen sich zu Fäusten, während sie mir heftig einen runterholt.

Der Anblick, wie sie sich entspannt, ist zu viel für mich. Auch ich lasse mich fallen.

Ich beiße die Zähne zusammen und stöhne heftig, als

sie mich wieder in ihren Mund schiebt. Ein paar Streicheleinheiten mit ihrer weichen Zunge und ich spritze tief in ihrem Rachen.

„Braves Mädchen", flüstere ich, als sie meinen Samen herunterschluckt, während meine Finger noch immer in ihrer Muschi vergraben sind.

*Mehr* ... Ich brauche mehr.

Ich muss ihre Jungfräulichkeit mit meinem harten Schwanz erobern und ihre kleine Pussy mit jedem einzelnen prallen Zentimeter ausfüllen. Der Drang, ihre Jungfräulichkeit auf der Stelle einzufordern, pocht durch meinen Körper, aber ich kämpfe dagegen an.

Diese Frau ist ein Engel und ich werde ihr nicht zum ersten Mal in einem verdammten Truck die Unschuld rauben. Das würde ich mir nie verzeihen.

Megan wischt sich über die Lippen, während sie sich mit einem lüsternen Glanz in den Augen in den Sitz zurücklehnt. Sie ist so verdammt perfekt.

Ich betrachte sie, als sie wieder zu Atem kommt und von ihrem Rausch herunterkommt.

„Kann ich jetzt meine Klamotten wiederhaben?", fragt sie mit einem schüchternen Lächeln.

Ich bin versucht, die Sachen aus dem Fenster zu werfen, damit ich sie den ganzen Rückweg über nackt sehen kann, aber, wenn ich sie hier nackt sitzen sehe, kann das auch jeder neugierige Arsch, der in meinen Wagen schaut.

Ich wäre so außer mir, dass ich jeden Kerl umbringen würde, der sieht, was nur mir zusteht.

„Hier", antworte ich, als ich ihr die Klamotten übergebe.

Ich betrachte sie, während sie sich anzieht und frage

mich, wie eine Frau beim Anziehen genauso scharf aussehen kann wie beim Ausziehen.

„Wohin jetzt?", fragt sie, als ich den Wagen anschmeiße und die bergige Straße hinunterfahre.

„In ein Bett", knurre ich. „Ich bringe dich zu einem Bett."

---

Wir schlüpfen durch eine Hintertür in die Lodge, um nicht auf Megans Familie zu stoßen, und eilen die Treppe hinauf.

Auf dem Flur ist die Luft rein, aber kaum sind wir an ihrer Tür, hören wir ihren Namen.

„Megan!"

„Scheiße", murmelt sie, bevor sie sich mit einem Lächeln umdreht. „Hey, Ashley."

Ich erkenne die Braut sofort. Das ist also Megans Schwester und meine zukünftige Schwägerin. Sie mustert mich von oben bis unten, während sie versucht, ihr Grinsen zu verbergen.

„Ist das Date gut gelaufen?"

„Ja", antwortet Megan und ihre Wangen erröten. „Noah, das ist meine Schwester Ashley. Ashley, Noah."

„Schön, dich kennenzulernen", lächelt sie. „Danke, dass du gestern Abend meine Schwester gefunden hast."

„Es war mir ein Vergnügen."

„Das kann ich mir vorstellen", antwortet sie und versucht, nicht zu lachen. „Was habt ihr zwei jetzt vor? Kommt ihr zum gemeinsamen Abendessen?"

„Ähm ...", meint Megan, während sie zur Tür schaut. „Wir haben andere Pläne. Ich bin nur gekommen, um mich umzuziehen."

„Cool“, freut sich Ashley und wippt grinsend auf ihren Zehen. „Gut, dann lasse ich euch in Ruhe. Viel Spaß!“

Megan lässt mich rein und zögert dann, bevor sie die Tür schließt. „Gib mir eine Sekunde.“

Dann rast sie los, um ihre Schwester einzuholen. Ich möchte ja nicht lauschen, aber ich kann sie in dem ruhigen Hotel flüstern hören. „Sag niemandem etwas, klar?“

„Machst du Witze?“, flüstert Ashley zurück. „Das würde ich nie tun. Macht nur nicht so viel Lärm, dass euch das ganze Hotel hört.“

Ich lächle, als ich sie kichern höre. Da kommt meine Kleine wieder hereingestürmt, schließt die Tür und sieht mich mit einem Feuer in den Augen an.

Plötzlich bricht sie in einen Lauf aus und springt in meine Arme. Ich lache, als ich sie auffange und ihre Arme und Beine sich um mich schlingen. Wir liegen Stirn an Stirn da und lächeln uns eine ganze Weile an, bis wir anfangen, uns zu küssen.

Der Kuss nimmt schnell an Fahrt auf. Das Lächeln ist verschwunden. Heiße Leidenschaft tritt an seine Stelle.

Ich drehe mich um, schiebe sie mit dem Rücken gegen die Wand und reibe meine Erektion an ihrer gespreizten Muschi, während sich unsere Münder berühren.

Ich muss in ihr drinstecken. Wenn ich nicht bald ihre heiße Pussy um mich herum spüre, verliere ich noch den Verstand.

Ich kann an nichts Anderes mehr denken. Sie zu befruchten ist das Einzige, auf das ich mich konzentrieren kann.

Sie wimmert, als ich sie zum Bett trage und sie darauflege.

Ich ziehe mein Hemd aus, während sie sich schnell ihre

Bluse abstreift. Ihr blondes Haar ist völlig zerzaust, als sie hinter ihren Rücken greift und ihren BH aufmacht.

„Du bist so verdammt scharf", knurre ich. „Wenn ich dich einmal habe, Süße, lasse ich dich nie wieder los. Nie wieder."

„Gut", antwortet sie und betrachtet mich mit diesen tiefblauen Augen. „Ich möchte nämlich für immer dir gehören."

Sie streift sich den BH von den Armen und lässt ihn auf das Bett fallen. Wir haben es so eilig, dass wir uns selbst ausziehen. Ich streife meinen Gürtel ab, während sie sich aus ihren Jeansshorts windet. Ihr Höschen ist noch in meiner Tasche, also ist sie zuerst nackt.

Ich ziehe meine dunkelgraue Jeans aus, während sie die Bettdecke runterzieht und die weichen weißen Laken freilegt. Die sehen so verlockend aus. Nichts in meinem Leben war je so einladend, wie meine Kleine nackt auf diesem riesigen Kingsize-Bett liegen zu sehen.

Das Zimmer ist wunderschön, mit einem atemberaubenden Blick auf die Berge und einem Sitzbereich neben den Glasschiebetüren, die auf den Balkon führen. Doch ich schenke dem allem keine Beachtung und beschäftige mich nur mit ihrem süßen Körper. Es gibt keine bessere Aussicht als diese.

Als ich den letzten Rest meiner Kleidung abgelegt habe, springe ich auf das Bett und krabble zu ihr.

Sie öffnet ihre Beine, ergreift meine Arme und zieht mich mit einem lüsternen Blick auf sich. Mein harter Schaft landet auf ihrem heißen, glitschigen Hügel, als wüsste er genau, wo er hinsoll. Wir stöhnen beide auf, als ich etwas Druck ausübe.

„Bleibst du bei mir?", frage ich, während ich meine

Lippen über ihre streife. Ich spüre ihren heißen Atem, der mich kitzelt, während sie mir in die Augen schaut.

„Ja."

„Nicht nur für ein paar Tage, während deine Schwester in den Flitterwochen ist. Ich möchte, dass du hier lebst. Dass du bei mir einziehst. Dass du mich heiratest. Ich möchte eine Familie mit dir gründen. Das alles wünsche ich mir."

Sie sieht mir tief in die Augen und legt dann ihre Hand in meinen Nacken. Ihre Lippen öffnen sich und sie zieht mich zu ihrem Mund hinunter.

Ich küsse sie hart, während ich meinen Schwanz in ihre feuchte Mitte stoße. Als ich meinen Mund schließlich wegziehe, sieht sie aus, als wäre sie bereit, alles zu tun, was ich sage.

„Ja", antwortet sie. „Ich ziehe hierher. Ich lebe mit dir zusammen. Ich möchte mit dir ein neues Leben beginnen. Das alles möchte ich auch."

„Wirklich?" flüstere ich.

Sie blickt mir in die Augen und nickt.

Da fühlt sich mein Herz so voll an, dass ich schwöre, dass es aufhören wird zu schlagen, wenn ich mich noch mehr in dieses Mädchen verliebe.

Ich küsse ihre sinnlichen Lippen, während ich zwischen uns nach unten greife und meinen pochenden Schwanz packe. Ihre Zähne zerren an meiner Unterlippe, als ich mich von ihrem Mund wegziehe.

„Das wirst du nicht bereuen, Baby", behaupte ich und führe meine dicke Eichel zu ihrer engen, unberührten Öffnung. „Du wirst dir wünschen, dass wir uns schon vor Jahren kennengelernt hätten."

„Das tue ich doch jetzt schon."

Ihre weichen Schamlippen öffnen sich für mich, als ich

meinen Schwanz hineinschiebe. Ich beiße die Zähne zusammen und atme tief ein, als ich spüre, wie eng ihr Tunnel mich umschließt.

„Ganz ruhig, Baby“, flüstere ich auf ihre Lippen, als sie sich anspannt. „Öffne deine süße Muschi für mich und lass mich rein. Zeig mir, wie sehr du mich willst.“

Da entspannt sich ihr Körper, während ich ihre Brüste küsse und meine Hüften mit langsamen, flachen Stößen hin und her wiege. Ich brenne darauf, hart in sie zu stoßen, aber ich halte mich zurück und zwinge mich, es ihr zuliebe ganz langsam anzugehen.

Sie beginnt sich zu beruhigen und die wahnsinnige Anspannung lässt etwas nach.

„Braves Mädchen“, flüstere ich, während ich ihre Hüfte greife und weiter in sie eindringe. Meine Eichel stößt auf Widerstand und ich grinse, weil ich weiß, dass es ihre Jungfräulichkeit ist.

Das ist der Augenblick, von dem ich immer geträumt habe. Der Augenblick, in dem ich sie zu meiner Frau mache.

Mit einem lustvollen Stöhnen schiebe ich meine Hüften vor und stoße zu. Sie wimmert, als ich tiefer eindringe, Zentimeter für Zentimeter, während ich das Bettlaken mit einer Hand umklammere.

Ihre enge Wärme drückt mich zusammen, bis ich ganz drin bin und ihre weiche, schöne Hitze meinen Schwanz verschlingt. Sie erschaudert, als ein Schwanz sie zum ersten Mal ausfüllt und einfordert.

Unsere Blicke bleiben aneinander kleben.

In diesen Blicken geht so viel zwischen uns vor. Sie wird immer mir gehören und ich ihr ebenso. Das wissen wir beide bereits. Es ist nicht nötig, die Worte auszusprechen.

„*Oh, Noah* ...", stöhnt sie. „Du fühlst dich so ... so verdammt gut an."

Ich ziehe meine Hüften zurück und gleite langsam aus ihrem engen Körper. Ein Schauer überläuft mich, als ich spüre, wie ihre Muschi mich umklammert, als wolle sie mich nicht mehr loslassen.

Gerade als meine pralle Eichel herausrutschen will, stoße ich wieder in sie hinein, ein bisschen schneller, ein bisschen fester. Sie krallt sich an meine Arme, während sie laut aufschreit.

„Du weißt aber schon, dass diese Muschi mir gehört, oder?", frage ich, während ich meinen Rhythmus finde und mit tiefen Stößen in sie hinein und wieder herausstoße.

Ihr Körper wiegt sich im Takt meiner Hüften. „Sie gehört ganz dir, Noah. Du kannst sie haben, wann immer du möchtest."

„Pass auf, was du sagst", antworte ich mit einem Grinsen. „Vielleicht verlässt du dieses Bett nie wieder."

„Zieh mich nicht auf."

Plötzlich schreit sie auf und wölbt ihren Rücken, als ich die richtige Stelle treffe. Grinsend streiche ich mit meiner Handfläche über ihren unteren Rücken und halte sie fest, während ich das Tempo erhöhe und ihr längere, härtere Stöße meines pochenden Schwanzes gebe.

Ihre Brüste hüpfen mit der Bewegung hin und her und es ist, als ob ich völlig überwältigt von all den Eindrücken wäre. Ich weiß gar nicht, wo ich hinschauen soll.

Ich möchte auf ihr atemberaubendes Gesicht schauen und dabei zusehen, wie sie zum ersten Mal so richtig durchgevögelt wird, aber mein Blick wandert immer wieder zu der Stelle, an der wir miteinander verbunden sind. Wo ihre Jungfräulichkeit meinen Schwanz umhüllt. Und das ist ein wunderschöner Anblick.

„Komm her", fordere ich, packe sie plötzlich und hebe sie hoch. Dann lasse ich meinen Hintern auf das Bett fallen und setze sie so auf mich, dass sie meinen Schwanz reiten kann. Ich lehne mit dem Rücken an dem großen hölzernen Kopfteil, während sie sich auf mir spreizt und mein Schwanz immer noch tief in ihr steckt.

*Ja, das gefällt mir ...*

Ich habe freie Hand, ihren Körper zu erkunden, während sie mit ihren Hüften auf und abhüpft und meinen harten Schwanz reitet.

Ich massiere ihre wippenden Brüste, drücke sie und lecke ihre harten kleinen Brustwarzen, während sie auf und abgleitet.

„Dein Schwanz ist *der Hammer*", stöhnt sie, während ihr blondes Haar auf ihren nackten Schultern hin und her wippt. „Er ist so *groß*."

Mit jedem Tropfen ihrer Muschi beginnt sie, ihre Klitoris an meinem harten Becken zu reiben und stöhnt in Ekstase über das heftige Gefühl. Ich knirsche jedes Mal mit den Zähnen, weil ihre Muschi mich so verdammt fest zusammenpresst. Was für ein süßer Schmerz. Einen, den ich von nun an jeden Tag erleben möchte.

Das Bedürfnis, dieses süße Mädchen zu befruchten, kehrt schlagartig zurück.

Meine Brust spannt sich an, als ich ihren Arsch packe und ihre Hüften auf und ab bewege, um meinen Schwanz in ihrer engen kleinen Pussy zu versenken.

Ich versuche, es langsam anzugehen, aber dieser Zug ist längst abgefahren. Mein heftiges sexuelles Verlangen hat jetzt die Kontrolle übernommen.

Ihre prallen, runden Brüste hüpfen vor meinem Gesicht, während ich sie härter und schneller stoße. Jedes

Mal, wenn ich sie nach unten bringe, stemme ich mich mit einem Stöhnen nach oben.

Sie wimmert, als ihre Klitoris gegen mein Becken prallt. Wir sind beide so kurz davor, zu kommen.

Ich habe mir kein Kondom übergestreift, aber ich habe auch nicht vor, mich zurückzuziehen. Ich richte meine Ladung direkt auf ihre Gebärmutter und es gibt nichts, was mich davon abhält, sie zu schwängern. Nichts kann mich davon abhalten, sie für immer zu erobern.

*„Ja!"*, schreit sie, als ich das Tempo erhöhe und ihren Arsch fest zusammendrücke, während ich tief in sie eindringe. „Ich komme gleich! Ich komme, verdammt noch mal!"

Sie wirft ihren Kopf zurück und schreit so laut, dass ich Angst habe, die ganze verdammte Lodge könnte sie hören.

Ihre heiße Muschi umklammert mich, als sie zum ersten Mal auf einem Schwanz abspritzt. Warmer Liebessaft läuft zwischen uns aus und das Gefühl ist so unglaublich, dass es auch mich in den Wahnsinn treibt.

Ich klammere mich an ihren Arsch, stoße tief in sie hinein und entlade meine glühende Ladung in ihrer weichen, feuchten Mitte.

Sie nimmt alles in sich auf.

Mit geschlossenen Augen leckt sie sich die Lippen und stöhnt, als sie spürt, wie ich sie mit meinem heißen Samen ausfülle.

Ich lasse sie nicht aus den Augen, während die unerbittlichen Wellen der Lust immer und immer wieder über mich hereinbrechen, bis ich förmlich anfange zu zittern.

Sie sinkt auf meinen harten Schwanz, als unsere Orgasmen abklingen, und klammert sich an mich, während sie versucht, zu Atem zu kommen.

Ich schlinge besitzergreifend meine Arme um sie und

halte sie fest, ohne zu wissen, ob ich sie jemals wieder loslassen können würde.

Falls sie tatsächlich meint, was sie sagt, muss ich das aber auch gar nicht.

Sie hat gesagt, dass sie hierherziehen möchte, aber im Rausch der Leidenschaft sagt man wohl alle möglichen verrückten Dinge.

Sie hat drei Tage Zeit, ihre Meinung zu ändern.

Und ich habe drei Tage, um sicherzustellen, dass sie das nicht tut.

# Kapitel Neun

*Megan*

Nachdem wir uns am Morgen heimlich durch die Lodge geschlichen haben, kommen wir ohne Zwischenfälle an meiner Familie und meinen Freunden vorbei und erreichen den Parkplatz.

„Ich glaube nicht, dass uns jemand gesehen hat", behaupte ich, als wir zu Noahs Truck kommen.

„Wäre das denn so schlimm gewesen?"

Ich sehe den verletzten Blick auf seinem Gesicht und begebe mich zu ihm. Dabei stelle ich mich auf die Zehenspitzen, aber ich kann seinen Mund immer noch nicht erreichen. „Ein bisschen Hilfe, bitte."

Er kann sich ein Lächeln nicht verkneifen, als er seine starken Arme um mich legt und mich auf die Lippen küsst. Sein Bart kitzelt. Ich fange wirklich an, nach diesen Küssen süchtig zu werden. Wie soll ich diesem Mann jemals von der Seite weichen?

„So habe ich das nicht gemeint“, erwidere ich mit geröteten Wangen. „Ich kann es kaum erwarten, dich allen vorzustellen, aber im Moment möchte ich dich ganz für mich allein haben. Es ist doch erst unser zweites Date.“

„Ich glaube, wir sind weit über das Zählen von Dates hinaus.“

Ich lache, als ich meine Hand in seine schiebe. „Da hast du wohl recht.“

Wir sind bereits ein Paar. Wenn die letzte Nacht nicht Beweis genug war, dann war es dieser Morgen. Wir haben es zweimal miteinander getrieben, bevor wir den Zimmerservice bestellt haben, und dann noch einmal, während wir auf die Bestellung gewartet haben. Meine Muschi ist schon ganz wund! Verdammte Scheiße, aber das war es wert.

„Wohin fahren wir jetzt?“, frage ich, als wir den Parkplatz verlassen und auf die Hauptstraße fahren. Es ist ein weiterer herrlicher Tag und wir haben ihn ganz vor uns. Noah hat angerufen und sich den Tag freigenommen, worüber ich mich sehr gefreut habe. Wenn sich irgendwelche dämlichen Städterinnen auf den Wanderwegen verirren, müssen sie wohl oder übel ausharren, denn der heiße Park Ranger gehört für den Tag ganz mir. Und hoffentlich auch für die Nacht!

„Ich bringe dich jetzt wohin, wo du wahrscheinlich gar nicht unbedingt hinmöchtest“, verkündet er, als er in die Stadt fährt.

„Das hört sich ja nicht gerade gut an.“

Ich habe gewusst, dass das erste Date zu schön war, um wahr zu sein. Also geht nichts über ein schreckliches zweites Date, um die Sache auszugleichen.

„Du wirst mir danken, sobald alles vorbei ist“, sagt er, als er auf die Hauptstraße rollt. „Aber ich möchte nicht, dass du irgendjemandem oder irgendetwas in meiner Stadt etwas übelnimmst."

„Das tue ich doch gar nicht ..."

Aber er fährt weiter und hält kurz am Lebensmittelladen an. Als ich sehe, wie er mit einer großen Tüte Äpfel zum Truck zurückkehrt, macht es plötzlich Klick. Er steigt ein und lächelt, als er sie mir auf den Schoß legt.

„Oh. Er."

„Ja, er. Ihr beide vertragt euch jetzt wieder."

Ich verschränke die Arme, während ich aus dem Fenster schaue. „Gut, aber ich habe nicht vor, auf ihm zu reiten."

„Kein Problem, du kannst ja mich stattdessen später reiten."

Ich drehe meinen Kopf herum und starre ihn mit offenem Mund an.

Er grinst nur, während er den Truck startet. Noah sieht heute so heiß aus wie immer. Er trägt dieselbe dunkelgraue Jeans wie gestern, da er direkt in mein Zimmer gekommen und nicht mehr weggegangen ist, aber er hatte noch ein zusätzliches Tanktop dabei, das er angezogen hat. Seine gewaltigen tätowierten Arme sehen größer aus als je zuvor und ich erröte jedes Mal, wenn ich sie ansehe und mich daran erinnere, wie sie sich um mich herum angefühlt haben.

„Bist du bereit?", fragt er mit der Hand auf dem Schaltknüppel.

„Gut", erwidere ich und verdrehe spielerisch die Augen. „Lass uns zu diesem blöden Pferd fahren und es hinter uns bringen."

Wir plaudern die ganze Zeit, lachen und haben jede Menge Spaß, während wir die herrlichen Bergstraßen mit ihren atemberaubenden Aussichten entlangfahren.

„Oh, schau mal! Enten!“, rufe ich, als wir an einem kleinen See neben einer felsigen Klippe vorbeikommen.

Noah verreißt den Truck an den Straßenrand, und ich halte mich fest, als wir ins Schleudern geraten und schließlich zum Stehen kommen. Die Enten sind so erschrocken, dass sie verärgert schnatternd davonfliegen.

Ich drehe mich mit offenem Mund und großen Augen zu ihm um. Er bricht in Gelächter aus und dann auch ich.

„Tut mir leid“, meint er lachend, und lässt seine Stirn aufs Lenkrad fallen. „Ich wollte wirklich, dass du sie siehst.“

„Das habe ich doch“, antworte ich und kichere. „Ich habe sie vor Schreck wegfliegen sehen.“

Wir warten ein paar Minuten, um zu sehen, ob sie zurückkommen.

„Glaubst du, sie kommen nochmal zurück?“, fragt Noah hoffnungsvoll, während er in den weiten blauen Himmel blickt.

„Ich schätze, sie sind schon auf halbem Weg nach Kanada.“

Er lacht, schüttelt den Kopf und startet den Truck. „Du hast wahrscheinlich recht. Vielleicht erwischen wir sie auf dem Rückweg. Tut mir leid.“

Ich umschlinge seinen kräftigen Unterarm mit meinen Armen und küsse seinen Bizeps. „Ich vergebe dir.“

Wir erreichen die Greene Mountain Pferdeställe noch vor der ersten Gruppe des Tages. Die Besitzer, Tyler und Carrie, satteln gerade die Pferde, als wir vorbeikommen.

„Hey, Noah“, begrüßt Tyler meinen Begleiter und schüttelt ihm die Hand. Er nickt mir höflich zu, aber dann mustert er mich erstaunt, als er mich wiedererkennt. „Geht es dir gut? Das Ganze tut mir sehr leid. Ich hatte gedacht, Thunderbolt hätte seine Angst vor dem Donner überwunden.“

„Nein", erwidere ich lapidar. „Er hat immer noch große Angst."

„Wenn wir irgendetwas tun können", schlägt Tyler vor. „Wir nehmen dich gerne noch einmal kostenlos mit, solange du in der Stadt bist."

„Nein, danke", erwidere ich und wedle panisch mit den Händen. „Ich möchte lieber auf dem Boden bleiben, wo ich hingehöre, danke."

„Eigentlich sind wir gekommen, um uns mit Thunderbolt zu versöhnen", erzählt Noah und zeigt auf die Tüte mit den Äpfeln. „Ist er denn da?"

„Ach du meine Güte, ihr seid es!", ruft Carrie, die herbeigeeilt kommt. „Ich kann gar nicht glauben, dass das passiert ist! Ich habe mir solche Sorgen um dich gemacht. Geht es dir wirklich gut?"

*Oooohh.* Ihre Sorge ist wirklich rührend. „Ich komme schon klar", erwidere ich, während die Männer weiterreden. „Ich habe nur ein paar Mückenstiche abbekommen und deshalb diesen großartigen Kerl kennengelernt, also braucht ihr euch nicht vor einer schlechten Bewertung zu fürchten."

Sie lacht und atmet erleichtert aus. „Zum Glück. Ich hatte schon Angst, du würdest uns verklagen oder so."

„Nein, das würde ich nie tun."

„Was für eine Erleichterung", freut sie sich. „Wir sparen nämlich unser Geld, weil wir ein Haus kaufen möchten und ich habe mir schon Sorgen gemacht, dass ..."

„Ihr wollt ein Haus kaufen?", frage ich und werde hellhörig.

Sie nickt aufgeregt. „Ja!"

„Da kann ich euch doch helfen!"

„Wirklich?"

„Ja! Ich bin Immobilienmaklerin. In der Gegend."

Sie legt den Kopf schief und schaut verwirrt. „Ich dachte, du wärst von außerhalb."

„Nein. Ich wohne hier. Nicht wahr, Schatz?"

„Ja", bestätigt Noah und legt mit einem breiten Lächeln stolz den Arm um mich. „Sie wohnt bei mir."

Carrie sieht immer noch verdutzt aus. „Oh. Wie heißt denn deine Firma?"

„Ähm, Greene Mountain Immobilien."

Scheiße, ich hoffe, der ist noch nicht vergeben!

„Okay. Cool! Ja, wir engagieren dich gerne."

„Wirklich?!", frage ich und ich strahle über das ganze Gesicht. Meine ersten Kunden! Scheiße, ich muss eine Website, Verträge, Visitenkarten und vieles mehr aufsetzen. Aber was soll's? Meine ersten Kunden! Ich springe vor Freude fast auf und ab.

Carrie sieht mich komisch an und fragt sich wahrscheinlich, warum ich so aufgeregt bin. Ich sollte meine Aufregung besser zügeln und mich professioneller verhalten.

„Ich meine, toll", antworte ich mit einem seriösen Stirnrunzeln. „Ich freue mich schon darauf, mit euch zusammenzuarbeiten."

Wir schütteln einander die Hände und unterhalten uns eine Weile darüber, was sie suchen. Als ich eine gute Vorstellung davon habe, was sie wollen, bringen sie mich zu Thunderbolt.

Tagsüber sieht er gar nicht so furchterregend aus. Er steht bloß auf der Koppel und frisst Heu. Er chillt einfach wie ein braves kleines Pferdchen.

„Erinnerst du dich noch an mich?", frage ich, als Noah sich zurückzieht, damit wir etwas Zeit für uns haben. „Ich war die Fliege auf deinem Rücken, als du wie ein

Verrückter durch den Wald gerast bist. Das war gar nicht cool."

Er kaut beiläufig, während er mich betrachtet.

Ich atme tief durch, als ich mich an die Angst erinnere, die ich verspürt habe, als ich mich an seinen Rücken geklammert habe, als er in den Berserkermodus übergegangen ist.

Aber dann erinnere ich mich daran, wie es sich angefühlt hat, von Noah gefunden zu werden, und der Ärger und die Enttäuschungen verschwinden. An ihre Stelle treten Dankbarkeit und Freude. Wenn dieses Pferd nicht ausgeflippt wäre, hätte ich wahrscheinlich nie den Mann meiner Träume kennengelernt.

„Also gut", rufe ich, während ich die Tüte mit den Äpfeln aufreiße. „Ich vergebe dir."

Thunderbolt hebt seinen Kopf und kommt zu mir, als er den Apfel in meiner Hand sieht. Lachend füttere ich ihn und beobachte, wie er ihn mit seinen seltsamen Zähnen zerteilt.

Er sieht so glücklich aus, während er ihn schnell runterschluckt und um einen weiteren bettelt.

„Na gut", erwidere ich nach seinem dritten Apfel. „Sind wir jetzt Freunde?"

Ich streichle seinen Hals, während er mit seiner Nase die Tüte auf dem Boden anstupst und sich einen herausrollenden Apfel schnappt. „Wir sind Freunde."

„Fühlst du dich besser?", fragt Noah, als er mit den Händen in den Taschen zu mir kommt.

„Ja. Vielen Dank für das hier."

Er hebt einen Apfel auf und füttert damit ein anderes Pferd, das vorbeikommt. „Also, Greene Mountain Immobilien, hm?"

Ich lächle ihn schüchtern an. „Hältst du das denn für eine gute Idee?"

„Du bleibst in der Stadt, ziehst bei mir ein und gründest deine eigene Immobilienfirma? Ich glaube, das ist die beste Idee, die ich je gehört habe."

Ich habe versucht, mutiger zu sein.

Und es gibt nichts Mutigeres, als quer durchs Land zu ziehen und ein neues Leben zu beginnen.

„Na gut", antworte ich mit einem breiten Lächeln. „Dann ziehe ich das durch."

Noah versteift sich, als er mich von der Seite ansieht. „Spiel jetzt bitte nicht mit meinem Herzen, Megan. Versprich nicht, dass du bleibst, wenn du dir nicht hundertprozentig sicher bist."

„Ich muss doch eine neue Firma auf die Beine stellen", antworte ich und gehe mit einem Grinsen zu ihm hinüber. „Und ich verlasse doch nicht den Mann meiner Träume. Ich bleibe, wenn du mich bei dir haben möchtest."

Da schlingt er seine kräftigen Arme um mich und wirbelt mich herum, während er vor Freude schreit. Ich quietsche auf, als meine Füße den Boden verlassen.

Ich schätze, ich bleibe!

# Epilog

*Megan*

*Ein Jahr später …*

„Und das ist die Küche“, erkläre ich, als ich mit Jeremy und Patricia, einem jungen Paar, das gerade geheiratet hat und auf der Suche nach einem Haus für die Gründung einer Familie ist, in die wunderschöne, komfortable Küche trete. „Arbeitsplatten aus Granit, ein Gasherd, und schaut euch mal die atemberaubende Aussicht an. Jeden Abend könnt ihr auf eurer Veranda sitzen und den Sonnenuntergang über dem Silvergray Mountain beobachten.“

Wenn ich dieses Haus verkaufe, ist es das elfte, seit ich mein Unternehmen vor zehn Monaten gegründet habe. Ich habe es geschafft! Diese ganze Gegend ist ein unerschlossener Markt. Das einzige andere Immobilienunternehmen in der Stadt war auf Ranches spezialisiert und hatte kaum eine funktionsfähige Website. Ich habe ihnen die Ranches überlassen und den Immobilienmarkt für Wohnungen übernommen. Es war unglaublich!

„Ich liebe diese Fliesen", meint Patricia. „Was sind das für welche?"

„Porzellan", antworte ich und bin froh, dass ich mir dieses Detail gemerkt habe. „Sie sind haltbarer als Keramik, was sehr praktisch ist, wenn ihr Kinder haben wollt. Sie bekommen nicht so leicht Risse und ..."

Plötzlich spritzt Wasser über die Fliesen.

Ich betrachte es verwundert, bis ich merke, dass es von mir kommt.

Oh, ja. Ich bin im neunten Monat schwanger. Mein Bauch ist schon riesig.

„Ist deine Fruchtblase gerade geplatzt?", fragt Jeremy und starrt mich fassungslos an.

„Ja!", erwidere ich mit hochroten Wangen. „Aber keine Sorge, das macht den Fliesen nichts. Die sind noch immer in einwandfreiem Zustand, sobald ihr dieses wunderbare Anwesen zu eurem Zuhause gemacht habt."

„Jeremy", meldet sich Patricia mit fester Stimme und hält mich am Arm fest. „Ruf einen Krankenwagen."

„Nein, nein", antworte ich und ziehe mein Handy heraus. „Ich rufe meinen Mann an. Der ist gleich da."

Also rufe ich Noah an und erzähle ihm von den Neuigkeiten.

Ich kann die Nervosität in seiner Stimme hören, obwohl er versucht, ruhig zu bleiben. Er ist so aufgeregt wegen des Babys. Wir bekommen einen Jungen, worüber ich mich riesig freue. Ich bin schon gespannt, ob er nach seinem Vater kommt. Bei den männlichen Genen meines Mannes würde es mich nicht wundern, wenn er mit einem Vollbart und Tattoos aus mir herauskommen würde.

Noah schafft es in Rekordzeit. Jeremy und Patricia helfen mir in der Einfahrt, als er die Straße hinaufrast.

Auf dem Vordersitz sitzt unser entzückender sieben Monate alter Welpe, ein Bloodhound namens Rex.

„Pass auf den Hund auf!", rufe ich, als Noah aus dem Truck springt und zu mir eilt. Er sieht ein bisschen besorgt aus. Wie alle, bloß ich nicht.

Mit Noah an meiner Seite habe ich mich im letzten Jahr enorm weiterentwickelt und ich habe das Gefühl, dass es nichts gibt, was ich nicht schaffe. Auch wenn die Wehen hart sind, weiß ich, dass ich sie bewältigen kann. Mit diesem starken, hilfsbereiten Mann an meiner Seite kann ich alles schaffen.

„Seht euch den Rest des Hauses doch bitte ohne mich an", schlage ich vor, während Noah mich zum Truck begleitet. „Geht einfach durch die Garage raus, wenn ihr fertig seid. Es ist ein wunderschönes Haus und ich bin mir sicher, dass ihr euch hier wohlfühlen werdet ..."

„Megan!"

Erschrocken schaue ich zu Noah auf. „Ja?"

„Du liegst in den Wehen. Schluss jetzt, ja? Hör auf zu verkaufen."

Ich kann es einfach nicht lassen. Ich liebe meinen Job und möchte einfach nur, dass die Leute in einem Haus glücklich sind, das optimal zu ihnen passt.

Aber ... In diesem Augenblick versucht ein kleiner Mensch, meine Lenden zu durchdringen, also hat er vielleicht doch recht.

Ich setze mich auf den Beifahrersitz, nehme Rex auf den Schoß und wir machen uns auf den Weg zum Krankenhaus, um gemeinsam ein weiteres unglaubliches Abenteuer zu beginnen.

Mit Noah an meiner Seite weiß ich, dass es unglaublich werden wird.

# Epilog

*Noah*

*Fünfzig Jahre später ...*

„Was machst du denn hier draußen?", fragt Megan, als sie mit einem Lächeln aus dem Haus tritt. „Ist der Baum während des Sturms letzte Nacht umgefallen?"

Ich stoße die Axt in den umgestürzten Baumstamm, stelle mich aufrecht hin und betrachte meine wunderschöne Frau, während sie herüberkommt.

Diese Frau zieht mich immer noch in ihren Bann. Das hat sie in den letzten fünfzig Jahren.

Selbst jetzt, in ihren Siebzigern, finde ich sie mit ihrem umwerfenden Lächeln und ihren wachen blauen Augen immer noch so scharf wie beim ersten Mal, als ich sie tanzend und singend auf dem Parkett gesehen habe.

„Er hat schon eine ganze Weile lang gewackelt", stelle

ich fest, als ich auf den umgestürzten Baum hinunterschaue. Er liegt an der Seite unseres Grundstücks, weit weg von unseren Trucks und unserem Haus. „Gestern Abend ist er dann wohl endgültig umgestürzt."

„Aha", meint sie, als sie sich neben mich stellt. Dann blickt sie auf den umgestürzten Baum hinunter, als wäre sie traurig, dass er nicht mehr steht. „Ich kann Mikey anrufen, damit er ihn mit der Kettensäge zerkleinert. Du musst das nicht alles alleine machen."

Mit einer sanften Bewegung streife ich mein Hemd ab und lasse es auf den Stamm fallen. „Sehe ich aus, als bräuchte ich Hilfe?", frage ich mit einem Grinsen.

Sie atmet lang und schwer aus, während ihre hübschen kleinen Augen über meinen nackten Oberkörper wandern. Ich bin vielleicht nicht mehr so stark wie an dem Tag, an dem ich sie kennengelernt habe, aber ich kann es immer noch mit jedem Mann in den Zwanzigern aufnehmen und gewinnen. Ich kann immer noch mein Grundstück in Schuss halten und umgestürzte Bäume fällen, und ich kann auch immer noch die Bedürfnisse meiner Frau befriedigen. Das habe ich auch gestern Abend getan. Wir haben drinnen unseren ganz eigenen Sturm angeheizt, während hier draußen das Wetter getobt hat.

„Nein", antwortet sie, während sie ihre Hand über meinen harten Bauch und meine Brust gleiten lässt. Die Haare auf meiner Brust mögen grau sein, aber die Muskeln sind immer noch gut in Schuss. „Du siehst aus, als würdest du das ganz alleine schaffen."

Meine Haut kribbelt vor Hitze, als ich den vertrauten Anblick von Erregung in ihren Augen sehe. Die vorwitzige kleine Hand gleitet wieder nach unten, hält aber nicht an meinem harten Bauch an. Sie gleitet weiter über meinen

Gürtel und meinen Schwanz, der durch die Erregung dieser Schönheit immer länger und härter wird.

Sie wirft mir einen hungrigen Blick zu und ich grinse, weil ich weiß, dass dieser Baum heute nicht gefällt werden wird. Ich werde *den ganzen Nachmittag* beschäftigt sein.

Als ich sie in meine Arme nehme, quietscht sie vor Aufregung.

„Dann lass uns mal reingehen und sehen, wie gut du mit einem großen Stück Holz zurechtkommst."

Ihre Hand liegt immer noch auf meinem Schritt und streicht immer noch darüber.

„Das ist nicht fair", grinst sie. „Das fühlt sich an wie ein Baumstamm."

Ich lächle, als ich sie ins Haus trage.

Diese Frau hat mein Leben lebenswert gemacht. Gemeinsam haben wir eine unglaubliche Familie und ein Erbe geschaffen, auf das wir beide sehr stolz sind. Wir haben sechs wunderbare Kinder und mittlerweile vierzehn bezaubernde Enkelkinder, Tendenz steigend.

Und ich bin jeden Tag dankbar für jeden einzelnen von ihnen.

Aber diese Frau ist ein wahrer Segen. Sie ist mein Fels. Meine Seelenverwandte. Die Liebe meines Lebens.

Jedes Mal, wenn ich in ihre wunderschönen Augen blicke, werde ich von Dankbarkeit erfüllt. Ich bin dankbar für all die wunderbaren Jahrzehnte, die wir zusammen verbracht haben, und ich bin dankbar dafür, dass wir noch etwas Zeit haben.

Ich möchte keine Sekunde davon verschwenden.

Mit meinen glühenden Augen auf meine Seelenverwandte gerichtet, trage ich sie ins Haus, um jede Sekunde, die wir zusammen haben, auszunutzen ...

... und ihr zu zeigen, dass dieser riesige Baumstamm immer noch gut funktioniert.

**Ende!**

Melde dich für den Olivia-T.-Turner-Newsletter an und erhalte ein **kostenloses Buch!**

**Mountain-Mann – Fixiert**

***Hol es dir hier!***

Ich bin ein Stadtkind.

Natur mag ich nicht.
Die ist Scheiße.
Insekten, Bären, Giftefeu.
Egal was, ich hasse es alles.
Als meine Nichte mich also bittet, sie bei einem Campingausflug zu begleiten, bin ich entsetzt.
Aber ich bin eine gute Tante, also stimme ich zu.
Nun, das war ein riesiger Fehler.
Einer von vielen.
Das Insektenspray zu vergessen. Das war ein Fehler.
Genauso, wie zu denken, ich könnte ein Kanu steuern.
Spoileralarm: Kann ich nicht.
Als ich in der Wildnis der Berge unwiderruflich von der Gruppe getrennt werde, denke ich, dass ich einen fatalen Fehler gemacht habe.
Bis Cyrus mich findet.
Er ist groß, stark und der toughste Mann, den diese Berge je gesehen haben.
Aber er wird vollkommen schwach, als er mich sieht.
Eine Besessenheit packt ihn und er will mich nicht mehr loslassen.
Gibt es im Überlebenshandbuch etwas für den Fall, dass ein stämmiger Hüne der Berge von einem besessen ist?
Spoileralarm: Nein. Gibt es nicht.

***Mit dem Lesen beginnen***

# Bücher von Olivia T. Turner

**Leidenschaft in den Bergen**

Olivia T. Turner

*Die Jungs aus den Bergen von Montana 5*

Amazon.de

Ich habe gerade miterlebt, wie mein Exverlobter seinen schwulen Lover geheiratet hat.

Eigentlich hätte das unsere Hochzeit werden sollen, aber er hat mich stattdessen gebeten, seine Trauzeugin zu sein.

Ich glaube, jetzt brauche ich dringend eine Auszeit.

Und meine Schwester behauptet, ich müsste mal wieder Sex haben.

Sie meint, ich hätte ein Verlangen, das nur ein Mann aus den Bergen stillen kann.

Ich halte sie für völlig durchgeknallt, bis ich nach Montana fahre und Dylan Wallis begegne.

Wie er in einem Fluss badet.

Und mein Körper reagiert schlagartig.

Ich will ihn.

*Unbedingt.*

Ich will diese breiten Schultern, die mächtige Brust, die starken, tätowierten Arme, die Beine wie Baumstämme und den gewaltigen Holzprügel, der zwischen seinen Beinen baumelt.

Ich will alles davon.

Und ich will es jetzt.

Und als diese dunklen, glühenden Augen mich ansehen, weiß ich, dass er mich auch will.

Meine Schwester hat also doch Recht gehabt.

Dieser heiße Mann aus den Bergen ist dabei, mein Verlangen zu stillen.

Er wird mein Leben völlig auf den Kopf stellen.

Und ich werde jede Sekunde davon genießen.

**Der Sniper**

Die San Antonio Hyenas, Buch 1

Olivia T. Turner

Amazon.de

Seit der zweiten Klasse bin ich schon in Sebastian Kemp verliebt.

Ja, in *den* Sebastian Kemp.

Weltberühmter Eishockeyspieler. Internationaler Playboy. Hinreißender Frauenschwarm.

Ich weiß, unglaublich, nicht wahr? Stell dich hinten an.

Seine jüngere Schwester ist seit der Grundschule meine Freundin, aber ich war überzeugt, dass er vergessen hatte, dass es mich überhaupt gibt.

Deshalb überrascht es mich, als ich die Nachrichten einschalte und meinen Namen und mein Gesicht überall sehe – sie behaupten, dass wir verlobt sind.

Er taucht plötzlich wie aus dem Nichts auf.

Es ist acht Jahre her, seit ich ihn das letzte Mal gesehen habe, und er sieht jetzt irgendwie sogar noch heißer aus.

Er sagt, ich solle so tun, als sei ich seine Verlobte.

Nur für einen Abend.

Was für eine Verlockung.

Es ist, als bekäme man endlich sein Lieblingsdessert serviert, darf allerdings nur einen kleinen Bissen davon essen.

Aber jeder kleine Bissen von Sebastian ist besser als nichts.

Ich würde jederzeit ein Stück von ihm probieren.

Am Ende des Abends sieht mein lebenslanger Schwarm aus, als wolle er *mich* am liebsten vernaschen.

Aber ist das echt oder Teil der Inszenierung?

Ich habe keinen blassen Schimmer.

*Werde Fan des angesagtesten Eishockeyteams der Stadt: Die San Antonio Hyenas.*

*Hier wissen die Jungs, wie sie mit ihren großen Schlägern umgehen müssen. Sie sind dabei so heiß, dass sie das Eis zum Schmelzen bringen!*

*Eine feurige neue Eishockey-Serie von Insta-Love-Spezialistin Olivia T. Turner. Allerfeinste Liebe auf den ersten Blick ohne Untreue oder Betrug und mit einem garantiert supersüßen Happy End.*

# Bücher von Olivia T. Turner

**Versteigert an den Grizzlywandler**

Olivia T. Turner

*Höchstbietende 1*

Amazon.de

Grizzlygestaltwandler wie ich halten es nicht lange ohne Gefährtin aus.

Nicht, wenn dein innerer Bär eine knurrende, tollwütige Bestie ist.

Es wird immer schwerer, ihn zu kontrollieren.

Jeden Tag spüre ich, wie meine Macht über ihn schwindet.

Es wird nicht mehr lange dauern, bis er völlig verwildert ist.

Dann gibt es nur noch eine Lösung.

Eine Kugel in den Kopf.

Das wilde Monster müsste ausgeschaltet werden.

Und er würde mich mit in den Abgrund reißen.

Meine Gefährtin ist die Einzige, die mich retten kann.

Aber sie ist nicht hier, und mir läuft die Zeit davon.

In meiner Verzweiflung gehe ich zu einer Auktion.

Als ich ihren köstlichen Duft wahrnehme, verliert mein Bär fast den Verstand.

Und als ich sie mit anderen Männern auf der Bühne sehe, die auf das bieten, was mir gehört, will mein Bär alles und jeden zerstören.

Das werde ich nicht zulassen. Nicht dieses Mal.

Ich muss sie beschützen.

Und diese Männer müssen vernichtet werden.

Möge der Meistbietende gewinnen?

Darauf sei geschissen!

Möge der bissigste, brutalste, besitzergreifendste Mann gewinnen.

Meistbietender oder nicht, ich schnappe sie mir.

Und ich werde meine Gefährtin für mich beanspruchen.

www.OliviaTTurner.com

Bottomless Books Publishing Inc.

PO Box 1011, Saint-Lazare, QC, J7T 2Zt, Canada

Übersetzer: Stephan Waba

Cover-Design von Olivia T. Turner